NADIE OLVIDA TU NOMBRE

NADIE OLVIDA TU NOMBRE

Adriana Moragues

Papel certificado por el Forest Stewardship Council®

Primera edición: mayo de 2025

© 2025, Adriana Moragues
© 2025, Penguin Random House Grupo Editorial, S. A. U.
Travessera de Gràcia, 47-49. 08021 Barcelona

Penguin Random House Grupo Editorial apoya la protección de la propiedad intelectual. La propiedad intelectual estimula la creatividad, defiende la diversidad en el ámbito de las ideas y el conocimiento, promueve la libre expresión y favorece una cultura viva. Gracias por comprar una edición autorizada de este libro y por respetar las leyes de propiedad intelectual al no reproducir ni distribuir ninguna parte de esta obra por ningún medio sin permiso. Al hacerlo está respaldando a los autores y permitiendo que PRHGE continúe publicando libros para todos los lectores. De conformidad con lo dispuesto en el artículo 67.3 del Real Decreto Ley 24/2021, de 2 de noviembre, PRHGE se reserva expresamente los derechos de reproducción y de uso de esta obra y de todos sus elementos mediante medios de lectura mecánica y otros medios adecuados a tal fin. Diríjase a CEDRO (Centro Español de Derechos Reprográficos, http://www.cedro.org) si necesita reproducir algún fragmento de esta obra. En caso de necesidad, contacte con: seguridadproductos@penguinrandomhouse.com

Printed in Spain – Impreso en España

ISBN: 978-84-666-8016-5
Depósito legal: B-4.593-2025

Compuesto en Llibresimes

Impreso en Rotoprint by Domingo S. L.
Castellar del Vallès (Barcelona)

BS 8 0 1 6 5

Por tantas caricias disimuladas

En verdad en verdad les digo: no hay nada más poderoso en el mundo que una mujer. Por eso nos persiguen.

GIOCONDA BELLI

1

La despedida

«Más tiempo. Un poco más de tiempo». Eso fue lo único que fui capaz de pedirle al hombre que vino a recordarme que debía despedirme de mi madre. Aquel adiós era diferente a los demás, era de esos que duran toda la vida.

—Catalina, deberías abandonar la sala para que podamos acabar de recogerlo todo. Si necesitas algo, avísanos, pero tienes que salir ya —me dijo el encargado con un tono amable.

—Déjeme cinco minutos más a solas, por favor, solo cinco —le imploré.

Me volví a sentar en el sillón estilo inglés de piel verde con la cabeza gacha, los codos en las rodillas y las manos entremetidas en el pelo. Hablaba con ella en voz alta, pero de hecho estaba hablando sola. Sin sus respuestas, sin su manera de asentir a todo lo que le contaba. Siempre nos gustó quedarnos un rato charlando cuando los demás se habían ido… Nada más lejos de la realidad a la que me enfrentaba. Después de las cenas en casa con amigos, disfrutábamos con calma de esos minutos para nosotras dos. Nos tumbábamos cada una en un sofá, y ella se descalzaba dejando caer los zapatos, se recogía el pelo y resoplaba al tiempo que soltaba una frase que resumía la noche: «Fernando debería haber cogido el trabajo que ha rechazado», «María sigue sin superar el divorcio». Tras compartir algunas sensaciones sobre la velada, empezaba a vencerla el sueño. Yo retiraba las copas de la mesa y, para que se fuera a la cama, le decía: «Mariana, valeriana», porque parecía quedarse dormida como quien se toma un relajante. Además, a veces me gustaba llamarla por su nombre.

Incluso después de irme a vivir con Fabio mantuvimos la costumbre de marcharme siempre yo la última. Por eso nunca me había despedido de ella.

Mientras hubiera una mañana siguiente, un paseo por el barrio de Alfama que tanto le gustaba o unos vinos con sus jóvenes compañeros de la universidad; mientras tuviéramos algo que contarnos —un nuevo amor por mi parte, un miedo por la suya— o pusieran alguna película de Coppola en la tele, siempre habría un motivo para volver a vernos en poco tiempo, así que nunca hubo una despedida. Por eso me resultaba tan difícil,

— 12 —

porque delante de aquel cristal me enfrentaba a nuestro primer y último adiós.

Nunca nos sentimos solas. Si nos teníamos la una a la otra, no necesitábamos al resto de los ocho mil millones de personas que habitan la Tierra. Tal vez porque formábamos nuestro propio dúo solitario, una misma unidad. Cuántas veces nos decían aquello de «¿Vais a pasar solas la Nochebuena?», «¿Habéis ido solas a Londres?» o «¿Jugáis solas al Trivial?». Siempre fuimos una. Junto a ella, jamás tuve sensación de soledad. Y por primera vez, en aquella sala, quise que me dejaran sola. Con ella.

Todos sus amigos de Lisboa me esperaban en la puerta junto al hombre que me había concedido algo más de tiempo. Mariana era una mujer muy querida, pero de su vida en Madrid no apareció nadie. Siempre me dio la sensación de que había huido de su ciudad natal. O tal vez nunca fue de allí…

—¿Quieres que nos vayamos a casa? —me preguntó Fabio mientras me abrazaba a la salida del tanatorio.

Cuando te sientes tan abatida, es como si te sacaran de la cama una noche fría de tormenta y te dejaran en mitad de un bosque sin posibilidad de cobijo. Quería irme a casa, claro que sí. Sin embargo, en tres años, no había conseguido que el apartamento en el que vivía con mi pareja se convirtiera en ese refugio donde te sientes a salvo cuando estás con el agua hasta el cuello. Así que en aquel momento, si había una casa a la que quería volver, era la de la rua da Padaria 4, donde aún podría leer el nombre de mi madre junto al mío en el buzón del antiguo rellano.

De camino a nuestro piso no dije ni una palabra. Fabio intentaba sacar temas de conversación para distraerme. Me preguntó si podíamos parar en un local de comida rápida de esos que abren toda la noche para tomar algo, pero apenas asentí. No me importaba estar en la calle, tampoco que él me hablara, solo quería volver a sentirme cerca de mi madre. Tras un rato caminando, mientras él devoraba el bocata que se había comprado y nos acercábamos a casa a paso lento, lo único que logré decir fue que necesitaba volver a olerla. Eran las tres de la madrugada, estábamos en los barrios del norte de Lisboa. De pronto, Fabio se dio la vuelta y me dijo:

—Llevas las llaves, ¿no? No tengo prisa por irme a dormir... ¿Vamos a Alfama a abrir un armario?

Volviendo sobre nuestros pasos, llegamos a la rua da Padaria 4. Cuando abrí el armario donde mi madre guardaba sus vestidos, pensé que reencontrarse con los que se han ido no es tan difícil si tienes a una persona que recorra Lisboa por ti a altas horas de la noche.

2

Las cicatrices

Las heridas son aberturas o rupturas en la piel. Se producen por accidente, y pueden estar en la superficie o ser más profundas. A medida que se curan, se forma una cicatriz porque el tejido crece de manera distinta al original; es decir, nada volverá a ser lo mismo.

Hay personas que tardan más en curar esas heridas porque no les brindan los cuidados apropiados. Abandonarlas es el peor modo de sanarlas. Lo que podría sanar en unos días, puede tardar meses. O, en vez de años, toda una vida.

El duelo es lo más parecido a una lesión no física, pero necesita los mismos cuidados y atención para que se sienta alivio.

La primera noche que intenté dormir después de que

muriera mi madre tuve la sensación de que nadie velaba por mi sueño, aunque hubiera alguien a mi lado, pendiente de mí. No podía llorar, y el llanto está tan asociado a la pena que me sentía impotente por no estar a la altura de su muerte. También era incapaz de hablar: cualquier cosa que pudiera decir banalizaba lo ocurrido. No quería que me abrazaran ni que me consolaran; no era cuestión de recibir cariño para estar mejor. Un sentimiento de abandono solo se mitiga con la vuelta del que produce el desamparo. Y eso era imposible.

Me quedé varios días en la cama por si era un mal sueño, pero cada vez lo sentía más real. Antes de empezar a olvidarse de todo, mi madre me dijo: «Lo único que quedará de mí cuando me vaya serás tú. Que no se adueñe de ti la pena, lléname de alegría».

3

La mudanza

Dicen que tres mudanzas equivalen a un incendio por el deterioro de los bienes durante el traslado, los movimientos o los golpes. Al final, es como haberlos perdido. En el otoño de 1993 yo solo era una niña de cinco años recién cumplidos que guardaba en la mochila a su muñeco Teo, un juego de montar piezas de madera y unos cochecitos con los que me pasaba horas recorriendo el pasillo. Mi madre lo revisaba todo una y otra vez, hablaba en voz alta repasando una lista mental: «Las sábanas del trastero, la manta de croché, las fundas de los cojines… Creo que está todo empaquetado. Catalina, ¿te falta algo?».

Mientras ella etiquetaba las cajas, antes de que llegara la empresa de mudanzas, caminé por el piso vacío. En cuestión de dos días, dejó de ser mi casa. Sentí que estaba en un lugar desconocido. Como habíamos limpiado las habitaciones con lejía para dejar el apartamento listo para el nuevo inquilino, su dormitorio había perdido el olor a las pastillas de jabón que guardaba en el armario, y en el cuarto de baño ya no estaban el espejo ni los pósits que mi madre pegaba allí con las palabras más complejas en español y en portugués para que aprendiera a escribirlas mientras me lavaba los dientes. Siempre decía que pasamos demasiado tiempo delante del espejo sin hacer nada más que mirarnos. Nunca pegó mensajes en la nevera ni en la puerta; si mi madre quería dejarme una nota, yo sabía dónde buscarla: en el espejo.

En la cocina, el ramillete de ajos ya no colgaba junto a la ventana, y no quedaba ni rastro de las calabazas secas que solían estar en la encimera, esas que nosotras convertíamos en maracas y agitábamos bailando mientras ella hacía la comida. Cuando la casa se quedó vacía, dejó de ser mi hogar y se convirtió en un lugar, un espacio, unas habitaciones.

Después de varios intentos de vivir en el centro de Lisboa, encontramos un piso en Alfama que cubría las necesidades de Mariana. La nueva casa era más grande y luminosa, pero nos despedíamos de un hogar donde aprendí a andar: di mis primeros pasos sobre aquel parquet brillante en el que tanto me gustaba tumbarme para mirar los techos altos. También allí aprendí a hablar.

— 18 —

Junto al portal había un tendero de origen italiano que siempre me daba pan con mantequilla. Él me enseñó a pedirlo en su idioma, así que una de las primeras palabras que pronuncié en una lengua que no fuera el español fue *pane*. Aprendí los números contando las hojas de la planta que tenía mi madre en el salón, a la que cada vez le salían más; atentas, anotábamos en una libreta cuántas tenía. Era una costilla de Adán que, durante la mudanza, cuidamos como si fuera de cristal.

Los cambios son movimientos naturales. No se puede evitar que la Tierra gire ni que el agua corra, y mucho menos que el viento sople. Formamos parte de la vida. El movimiento nos hace crecer y conectar con el entorno. Por primera vez, con aquella mudanza, tuve una experiencia que marcó un antes y un después, un lugar que echar de menos, un barrio de la niñez, un techo de cal, un sabor a pan con mantequilla que no volvería y algo a lo que quise aferrarme: «Lo bueno siempre está por llegar». Esa era la frase que mi madre repetía mientras nos despedíamos de aquel piso.

Aquella última mañana en el hogar de mi infancia, mi madre repasó con delicadeza las paredes, se asomó al balcón del salón y respiró hondo antes de cerrar la puerta. Al fin y al cabo, yo estaba viviendo mi primera mudanza, pero para ella era la tercera, esa en la que sientes el incendio.

4

Las preguntas

Por aquellos años empezaron las preguntas. «¿Quién es mi padre?». La respuesta que les dan a la mayoría de los niños es muy sencilla... Comienzas el colegio y, con ello, los dibujos en clase, las redacciones, los días señalados. Una de las últimas tardes de 1994, justo antes de Navidad, mi madre vino a recogerme y, agarradas de la mano, fuimos a dar un paseo para ver la decoración navideña del centro de Lisboa. Una niña de siete años no entiende de reproducción asistida, pero sabe lo que es el amor. Aquella mañana un compañero me había preguntado por mi familia y quiso saber con cuál de ellas pasaría las Navidades. Como si hubiera más de una... Él decía que prefería estar con la de su padre, pues tenía primos de su edad y se divertía más.

Para mí, mi familia era mi madre, pero también sus amigos, que cada semana venían a visitarnos. Matilde y Joan, que me llevaban al parque las tardes que Mariana trabajaba. Simona, una señora que la acogió recién llegada a Lisboa y a la que mi madre siempre llamaba «Salvavidas». Fernando y Teodoro, una pareja que trabajaba con ella en la universidad pública. Mina, una jovencita que vivía en nuestra escalera. Y Jaime y José, los hijos de la conserje del edificio. Los «doble J», como los llamaba Mariana, ocupaban el bajo junto a la señora viuda que se encargaba de mantener el edificio impoluto. El brillo de las barandas de la escalera era espectacular, parecían de oro. El rellano siempre olía a un jabón que solo ella conocía. Recuerdo que un día mi madre le preguntó cuál era, y la señora le contestó: «Si te lo dijera y limpiaras tu casa con ese jabón, ya no podrías decir que el rellano tiene un olor único». Con los doble J pasábamos horas jugando a las cartas y a un juego de montar estructuras gigantes. Me gustaba merendar con ellos en casa; preparábamos tortitas y les echábamos todos los ingredientes que hubiese en la nevera.

Aquella tarde invernal, tras la conversación con mi compañero del colegio sobre las familias, me rondaban varias preguntas. Mi madre y yo caminábamos sin rumbo ni hora de vuelta. Era uno de esos días en que Lisboa estaba lleno de niebla, y a nadie, y menos a nosotras, le apetecía recorrer el centro. Con las manos calientes gracias a un cucurucho de castañas asadas, seguí dándole vueltas a con qué familia pasaríamos las Navidades.

Sin embargo, al repasar mentalmente a las personas que formaban parte de nuestra vida, me di cuenta de que no tenía por qué elegir. Todas eran mi familia. Unas veces había muchas, en ocasiones solo algunas, pero la unión que formaban era lo que una niña necesita para sentir amor, cariño y diversión. Así que me guardé la pregunta para más adelante.

Como algo insólito, aquel año mis abuelos, Pedro y Mercedes, vinieron a visitarnos desde España. El trato de Mariana con sus padres era muy limitado y, con los años, cada vez eran más ocasionales las visitas. Pero una madre nunca deja de ser esa figura de la que cuesta desvincularse. Un día oí una conversación en la cocina entre mi madre y la abuela, a la que solía llamar por su nombre y no por el parentesco, tal vez porque lo ejercía poco. Mientras mi abuelo se quedaba dormido en el sofá, me pegué a la puerta para escucharlas.

—Mariana, ¿por qué no vuelves a Madrid? Ahora que has agotado la excedencia y ya no tienes jornada reducida podríamos echarte una mano. Además, la pequeña acaba de comenzar primaria, y sería estupendo que empezara el siguiente curso allí. Todavía estás a tiempo de matricularla.

—Mercedes, ¿aún no has entendido que mi vida está aquí? Volver a Madrid no sería volver, sería irme de Lisboa. Llevo diez años en esta ciudad. Aquí pude empezar de cero, y es el hogar de Catalina. Nuestro hogar.

—De acuerdo, hija, pero cuenta con nosotros si en algún momento lo necesitas. Te he traído un libro sobre las madres solteras.

—Gracias, mamá —le soltó Mariana arrebatándoselo de las manos.

—De nada, y deja de fumar —le chistó.

Mi abuela no soportaba ver fumar a mi madre, pero a ella le encantaba el cigarro de después de comer, ese que se echaba al lado de la ventana de la cocina. Mariana tenía algo hipnótico cuando hacía algo que le gustaba mucho. Aspiraba el aire del cigarrillo y, muy despacio, soltaba el humo en una línea recta perfecta, con los labios muy cerrados y la cabeza vuelta hacia el exterior para que casi todo el humo saliera fuera de casa. No solía agotarlo porque decía que le quemaba y que los placeres nunca hay que apurarlos. Sabía disfrutar de las pequeñas cosas. Y lo mejor era que a todos los que la rodeábamos nos encantaba verla disfrutar.

Con los años, las visitas de mis abuelos siguieron espaciándose, y la relación de Mariana con ellos se enfrió más aún. Nunca supe qué ocurrió, tampoco ella me lo contó. Durante ese tiempo, mi familia se fue construyendo con la gente que tanto nos arropaba en nuestra ciudad.

Antes de que se distanciaran, debo confesar que me gustaba que vinieran de visita porque eso significaba que dormiría con mi madre. En esa ocasión recuerdo que, después de arroparme, Mariana tomó de la mesilla de noche el libro que le había regalado mi abuela ese mediodía: *La paternidad en madres solteras*. En los noventa no eran comunes las familias monoparentales, así que cualquier libro o punto de vista era bien recibido por las mujeres que sacaban adelante a sus hijos ellas solas. Dejó encendida la luz cálida de una lamparita de barro blanco, y yo me dormí escuchando el pasar de las páginas. Imagino sus dudas, sus inseguridades, sus preguntas. Aunque seguramente eran diferentes a las mías… ¿Por qué casi no íbamos a Madrid? ¿Por qué mi madre había dicho que en Lisboa había podido empezar de cero?

5

Rua da Padaria

Tras pasar por la pérdida de mi madre, a los treinta y cinco años seguía sin ser la mujer que espera una sociedad que te encasilla en tener un piso en propiedad, una familia y éxito laboral. Además, me invadía una tristeza inmensa, algo aún más intolerable a ojos de la gente. Había muchos que no entendían por qué el duelo me afectaba tanto. No estaban acostumbrados a que se mostrase vulnerabilidad, ni a lo mucho que me dolía volver a pisar su casa, la que había sido nuestra.

Aunque la noche del funeral Fabio y yo fuimos a la rua da Padaria, me sentí incapaz de volver durante días. Y, cuando lo hice, no fue fácil.

Sabía a dónde iba, pero tardé en llegar. Miraba más de lo normal todo lo que me rodeaba para retrasar el momento. Me fijaba en las vidrieras del edificio de la avenida por el que había paseado trescientas mil veces; dejaba que siguieran circulando los coches, aunque estuviera en un paso de peatones. Incluso entré en el bazar porque recordé que necesitaba una bombilla pequeña para el horno. Y todo lo hacía para no llegar, porque no me esperaba nadie allí donde siempre había habido alguien.

Me topé con una floristería que no conocía porque cambié el trayecto hasta Padaria. En ocasiones, solía llevarle flores a mi madre, un ramillete o el esqueje de una planta que viera por el jardín del castillo de San Jorge, que estaba cerca de casa. Ella tenía muy buena mano para las plantas… A veces me decía: «¿Ves qué florecita le está saliendo a la planta del macetero rojo? Es del esqueje que me trajiste hace un par de años, ese que no sabíamos si iba florecer».

Al ver el quiosco, me di cuenta de que me pasaría la vida comprando flores aunque no pudiera dárselas, pero seguiría haciéndolo porque el amor tiene mucho de flor. Cuando estaba ella, la casa olía mejor gracias al ramo de claveles que ponía en la mesa.

Intentaba mantenerla viva en alguna parte de mi recuerdo. Deseaba que volviera, aunque sabía que era imposible. Aun así, quería que estuviera a mi lado. Por eso seguiría comprando las flores que nunca llegaría a darle. Le pedí a la dependienta un ramillete que durara mucho,

— 26 —

pero con flores bonitas. La señora, amable, me preguntó si era para regalo. Asentí con la cabeza y me lo envolvió con un precioso papel malva.

A medida que me acercaba a mi destino, intentaba mantener la calma; era consciente de que no sería fácil. Antes de llegar, recibí un mensaje de Fabio dándome ánimos. Me decía que, si necesitaba algo, le avisara. Se había ofrecido a acompañarme, pero me apetecía hacerlo sola; más bien solas, ella y yo. Saqué las llaves y abrí el portón de madera de la casa más importante en la que había vivido. Llegué a la rua da Padaria 4.

El rellano ya no olía como en mis recuerdos de la infancia ni tampoco relucían las barandas. Cuando los doble J crecieron, la señora María se fue con ellos al pueblo. Su familia se dedicaba al sector de la pesca. Jaime y José eran dos chicos que, con los años, me sacaban una cabeza y veinte kilos de músculo. Para sustituirla como conserje, contrataron a una empresa que asignaba a alguien que vigilaba y arreglaba diez o doce edificios del barrio. El bajo de la señora María lo reformaron de una manera rápida y barata, y se convirtió en un apartamento turístico con clave de acceso en la puerta. Era contradictorio que la casa en la que vivió un ama de llaves durante tantos años acabase sin cerradura.

En cuanto abrí la puerta, supe que la visita sería breve. Metí en una bolsa las cosas de la cocina que podían estropearse, limpié la encimera y el baño, y puse la lavadora. Tendría que volver para enfrentarme a ello, pero ese día no.

No había mucha comida, así que en apenas veinte minutos tuve la cocina lista. En el cuarto de baño había un cesto de mimbre, el mismo de cuando yo era pequeña, aquel en el que echábamos la ropa para lavar. Las tardes de entrenamiento lo llenaba hasta arriba, y mi madre me decía que iba a ser la niña más joven en aprender cómo funcionaba la lavadora, de tantas que le obligaba a poner. No se perdía ningún partido de balonmano, era la mayor seguidora del equipo. Además, nos llevaba a varias en coche, y todas se quedaban fascinadas por la música que ponía. La afición a ese deporte minoritario se debió a algo tan simple como tener las manos grandes. En el colegio no había cancha de baloncesto y, en las mismas en las que otras niñas jugaban al vóley o al elástico, otras empezamos a practicar el balonmano.

Le apasionaba todo lo que hacía: deporte, ir a una exposición sin conocer al autor, reír hasta decir basta, buscar recetas para sorprender a pareja, hija o amigos, besar o romper a gritar. Esa pasión era algo que tenía por bandera y como forma de vida. Por eso en casa no había vajillas impolutas, fundas de sofá o velas sin estrenar. Lo disfrutaba todo. Las copas buenas estaban rayadas de tanto frotarlas después de que, en cada cena, las pusiera en la mesa; el sofá, algo rascado por el perro de una vecina que venía acompañada por su mascota y, obviamente, podía subirse a jugar con los borlones de los cojines mientras tomaban el té; y todas las velas con la cera derretida de tanto consumirse. «¿Para qué estar una semana decidiendo el color del sofá nuevo si después le vas a poner una funda marrón?», decía indignada y sonriente.

Del balcón colgaba una pequeña banderola hecha a mano que tejió durante unas vacaciones en Aveiro. Había perdido un poco el color por el sol, pero la cogí para llevármela a casa. En la salita había una especie de gimnasio: un balón suizo, de esas pelotas de pilates o de yoga que ayudan a colocar bien la espalda y calmar los dolores que siempre tenía por las horas de trabajo sentada en la universidad; unas pesas pequeñas; una esterilla; y una antigua bici estática BH de color azul y blanca, una reliquia *vintage*. Todo estaba bien organizado. Me senté en la bicicleta a contemplar y recordar cómo entrenaba hasta el último día. Tenía una ruedecita con la que podías regular la resistencia de los pedales y, justo al lado, un contador de cinco dígitos y un botón rojo para ponerlo a cero. Marcaba «01229». En su última carrera había recorrido esa distancia: un kilómetro y doscientos veintinueve metros. Me extrañó ver un número terminado en nueve, porque no le gustaban los impares. Siempre ponía la alarma, el contador del horno o cualquier cosa que tuviera números terminando en cero. ¿Por qué pedalear esa distancia tan corta? ¿Qué le habría sucedido para no mantener sus manías? Quizá la enfermedad hizo que las olvidase. Un detalle tan ínfimo como una vieja bicicleta estática marcando un número me hizo acariciarla, estar cerca de ella y saber que pertenecía a ese camino, pedalear unos segundos hasta ver el contador marcando «01230» y terminar su paseo o hacerle saber que seguía en él.

Mientras caminaba por esas habitaciones que se sentían tan vacías, Fabio me escribió; se estaba haciendo de noche. Estaba preocupado, pues le dije que solo pasaría a recoger un poco y que en menos de una hora estaría de vuelta.

Antes de cerrar la puerta, me quedé paralizada mirando la cocina, el lugar donde solía encontrarla cuando entraba. Apartaba las sartenes del fuego para venir a darme un beso mientras me contaba lo que estaba preparando. Al darme la vuelta, miré el sillón que había cerca de la ventana, donde la dejaba cuando me marchaba, recostada para cerrar los ojos unos minutos después de comer. Esas imágenes se quedarían en mi memoria. Un escalofrío me recorrió al despedirme por primera vez de esa casa sin encontrar a mi madre en la escena.

6

Los descuidos

Cuando llegué a nuestro apartamento, Fabio ya estaba dormido. Había dejado la luz de la lamparita del salón encendida y, en la mesa, un sándwich con una nota al lado.

Te quiero como a los primeros segundos de mi canción favorita.

Como a la primera palabra.

Como el joven zapatero a la chica que siempre se rompe el tacón.

Como cuando Harry encontró a Sally en aquella película que tanto te gusta.

Como al último sorbo de café que siempre le pides al camarero que no retire.

Te quiero como si no fueras a irte jamás, como si nunca supiera cuándo diablos vas a volver. Aunque a veces no contestes y pierdas el autobús que te trae a casa. Aunque tires el vino y digas que he sido yo.

Como la sombra quiere al árbol, como el pájaro quiere a la rama, como el molino quiere al aire.

Tanto te quiero, *mozinha*, que si algún día dejara de hacerlo se secarían mis manos, se borraría el camino y la vida sería como intentar hacer una raya en el agua.

P. D.: Abrázame cuando vengas a la cama.

Fabio escribía muy bien desde pequeño. Sus artículos del periódico eran los más leídos. Me quedé mirando unas fotos que había en la mesa, junto a la nota. Durante nuestros viajes, siempre nos gustó comprar cámaras desechables. Cuando volvíamos a Lisboa, las llevábamos a revelar a una tienda muy pequeñita de nuestra calle, de esas que han sobrevivido a lo digital, donde también hacen fotos de carnet y los típicos *collages* de bodas y comuniones. Una vez elegida la imagen en la que salíamos peor, la colocábamos debajo del cristal de la mesa. Y eso era lo divertido, una manera muy distinta de mirar las instantáneas. Por lo general, cuando alguien tiene que elegir la mejor foto de un viaje, un evento o un cumpleaños, la que más le gusta es en la que sale bien, no mira a los demás. Nuestra costumbre era justo la contraria. Al abrir el sobre de las fotos reveladas, escogíamos aquella en la que salíamos peor.

Esta tradición surgió durante el primer de año de relación. Hicimos un viaje a Mallorca en ese momento de plena pasión amorosa, cuando ves al otro como la persona más bella del mundo. A Fabio siempre le ha gustado la fotografía, así que llevaba una Olympus analógica para inmortalizar algunos instantes. Cuando llegamos a la isla, durante la primera escapada a la cala Mondragó —él espectacular con un bañador rojo y el torso fibrado, el pelo al viento, media hora buscando el plano perfecto, la luz idónea y el mejor ángulo—, quiso hacerme una foto, pero al pulsar el botón se dio cuenta de que no le había puesto el carrete. Y a mí, tensa por posar para él, me quitó un peso de encima.

Al saber que no saldría ninguna foto, nos pasamos toda la semana haciendo poses divertidas y poco favorecedoras.

En nuestro segundo viaje, de improviso y sin decirme que llevaba la cámara, hice un posado recordando esas caras que no me favorecían, y él sacó la Olympus —con carrete, en esa ocasión— y se disparó el flash. El sonidito de la rueda pasando a la siguiente foto dio pie a que mi sentido del ridículo creciera. Mi vergüenza me hizo olvidar que era analógica.

—Fabio, porfa, bórrala. ¡Era broma!

—Claro, Catalina, ahora mismo la borro de este iPhone último modelo.

Ambos estallamos en carcajadas.

Revelamos las fotos y, cuando llegamos a su casa, en la misma mesa que tenemos en nuestro apartamento, colocó la instantánea para no olvidar nunca ese gran momento, esas risas, ese gesto auténtico, sin posar.

De ahí que, en nuestros viajes, cuando le pedimos a alguien que nos haga una foto no es raro que ponga cara de desconcierto o que se eche a reír ante nuestros ridículos posados; y nosotros más aún cuando las revelamos y las vemos.

Esas imágenes cada vez llenaban más la mesa y se superponían: Oporto, Barcelona, el FIB de Benicàssim, la casa de sus abuelos a las afueras de Lisboa, Bogotá, la Riviera Maya y Dinamarca. Me recordaron que, en menos de un mes, habíamos planeado una escapada a Galicia. Sin embargo, lo que menos me apetecía en ese momento era salir de casa. Tenía que decirle a Fabio que había que cancelar el viaje o que se fuera con su hermana o con alguna amiga. Para mí era muy difícil desconectar de lo que estaba viviendo.

Algo que me enamoró de él era que siempre estaba rodeado de mujeres; tenía muchas amigas con las que se iba de escapada o al cine. Y su hermana era su mitad. Al ser mellizos, tenían esa conexión más allá de lo que dos personas podían conseguir. Con cualquiera de ellas estaría mejor en Galicia que conmigo. Sentía que en ese instante yo era una losa pesada en su vida. Los pensamientos se volvían densos, negativos, demasiado grises... No quería que sufriera esa parte de mí.

Encendí la televisión para dejar de darle vueltas a todo. No me apetecía irme a la cama, así que empecé una de esas series en las que no hace falta pensar, esas que parecen ser elocuentes pero en realidad aburren, que intentan hacerte reír pero no arrancan ni una sonrisa. El peligro de las plataformas: «Ver siguiente episodio en 3, 2, 1...». Cuando te das cuenta de que te has quedado dormida en el sofá, ya se ha acabado la temporada.

A las siete de la mañana me despertó un ruido en la escalera. Como Fabio siempre ponía el despertador a las ocho, decidí quedarme en el sofá, no ir a darle un abrazo, como me pedía en su nota.

Cuando el mundo presencia una muerte, no se da cuenta de que alguien puede estar perdiéndolo todo. Eso hace que, poco a poco, nos convirtamos en almas solitarias, sin anclajes ni conocimiento. ¿Quién era yo, si ya no estaba la persona que daba sentido a mi vida? ¿Si dejé lo que soy en sus manos? ¿Y si, además, comenzaba a abandonar lo único que me hacía echar raíces? Mientras daba tumbos y la cabeza no me dejaba ver nada claro, oí que Fabio se levantaba y venía hacia el salón.

—Cariño, sabes que estoy aquí, ¿no? No puedo sustituirla, ni lo pretendo, pero quiero que sepas que puedes encontrarte también en mis ojos, en mis manos, en mi voz. Sé que has perdido a la persona más importante de tu vida. Manteníais una relación especial... Cuando no teníais a nadie más, erais una en la ciudad. Pero conmigo puedes lograr un sitio al que pertenecer —dijo apoyado en el quicio de la puerta—. Por cierto, no pienses ahora en el viaje a Galicia. No se moverá de donde está. Encontraremos un mejor momento para ir.

No pude contestarle. Solo asentí con la cabeza y le sonreí desde la frustración.

—Vienen tiempos difíciles... Lo sabes, ¿no? —dije finalmente.

—Claro que lo sé. Pero cuando uno se compromete con alguien, acepta esos momentos difíciles. ¿Recuerdas cuando murió el perrito de mis padres?

Me hacía reír sin querer. Estaba comparando la muerte de mi madre con la de su perro.

—Fabio, no compares —contesté esbozando una sonrisa.

—No comparo, pero es la misma sensación de fractura. Cuando formas un castillo de naipes y vives tantos años acostumbrado a ser una de las cartas, cada una es fundamental. Sostiene el castillo. Obviamente, Bolo no era mi carta principal, pero provocó que se derrumbase una parte de él.

—Sí, supongo que acostumbrarnos a una estructura nos hace sentir un vacío cuando algo falta —añadí.

—Estuviste ahí, me acompañaste a casa de mis padres, entendiste el dolor de mi madre… Pasaba el día con él, sintió que perdía una parte de su rutina. Y no juzgaste mis malos días.

Quería que yo no sintiera más responsabilidad que pena. A veces, cuando tenemos que pasar un duelo, pensamos en no dar esa imagen fúnebre y luctuosa para que el resto no se preocupe. Pero con Fabio podía centrarme en curar mi desconsuelo y apoyarme en él.

—Te dejo tranquila un rato. Voy al baño —dijo antes de besarme.

Mientras él se daba una ducha y yo recogía el salón, comenzó a tronar, así que cerré las ventanas para que no entrase el agua de la lluvia.

—¿Vamos juntos al trabajo? —le pregunté al oír que había terminado en el baño.

Trabajábamos en el mismo barrio. Él, con un horario flexible, se dedicaba al periodismo, y yo, con jornadas estrictas, me encargaba de la parte financiera y presupuestaria de una empresa de mantenimiento de la ciudad. Aunque mi madre era amante de las letras, me dio

— 37 —

libertad para aprender. Siempre fui buena con los números, y las bases de la economía que estudiaba en el colegio me fascinaron. Por eso, a la hora de elegir carrera, me decanté por Administración de empresas. La noticia no sorprendió en casa, pero a veces Mariana, cuando me veía estudiar fórmulas y hojas llenas de números, exclamaba: «¡¿Qué habré hecho mal?!».

Estaba arreglándome envuelta en recuerdos y en una toalla de algodón azul cuando me llegó el aroma a café recién hecho. En la cocina me esperaba Fabio, cafetera en mano. Me senté en uno de los banquitos y, mientras me servía en la taza, caí en la cuenta de que solo había dos personas que preparaban el café como a mí me gustaba, echándolo sobre la leche fría, no al revés, como en cualquier sitio: mi madre y Fabio. Al mirar cómo lo hacía, reencontré en él lo que durante esas semanas había dado por perdido.

Por eso, y por tantas otras cosas, debía cuidarlo. Si lo hacía, me estaría cuidando a mí. En los momentos de duelo, nos abandonamos al creer que la pena gana la batalla.

Así que se me ocurrió proponerle ir a cenar a ese bar tan castizo en el que servían un vino de grifo que dejaba un dolor de cabeza de los que merecían la pena. Que-

— 38 —

ría que nos emborrachásemos de vino y de vida. Necesitaba que me explicara lo que había hecho y sentido durante esos días en los que yo había estado ausente, porque ni lo sabía ni se lo había preguntado. Rozarnos la rodilla y darme cuenta de que era el hombre más sexy de la ciudad, y arrepentirme de que la noche anterior me hubiera quedado dormida en el maldito sofá mientras él estaba en la cama. Reírnos, que tanta falta nos hacía, de alguna historia sin sentido de las que le pasaban en el periódico en el que trabajaba y del que estaba deseando largarse. Y que empezara a tartamudear, por favor, que lo hiciera. Lo hacía cuando llevaba tres vinos, y yo nunca sabía si pedirle un vaso de agua, otro vino o que se casase conmigo.

7

Fabio

—Dime que hay algo eterno.

—No lo sé, sabes que creo en pocas cosas.

—Aunque sea mentira, dime que hay algo que nunca se acaba.

—Mmmm…

—Si no, dime que nunca te irás. Y será lo más parecido.

Después de pedirle que estuviese siempre conmigo, nos dormimos como quien tiene miedo a caer, abrazados sin dejar correr el aire, agarrados a la esperanza de que su cuerpo y el mío pudieran formar esa raíz que necesitaba.

A mi lado tenía a un hombre difícil de definir que me

acompañaba como un escudero. Cuando uno toca el suelo, no necesita que le recuerden que lo está pisando, sino que le hablen del cielo.

Fabio llevaba un anillo de plata de dos piczas al que le podía dar vueltas sobre sí mismo, y lo giraba cuando estaba nervioso o esperaba a que se calentase el horno. Tenía un tatuaje en el hombro, un reloj de arena rodeado por una banderola en la que se leía TEMPUS FUGIT. Valoraba el tiempo como un pájaro valora el viento. «Si hay tiempo, salgamos a aprovecharlo», solía decir. Trabajaba en el periódico e iba a clases de swing e intercambio de idiomas para perfeccionar su español. Una vez a la semana, acudía a un centro de ayuda a menores migrantes para enseñarles portugués e iba a clases de piano. Lo poco que yo recordaba de mis tres años en el conservatorio no le sirvió de mucho, aunque al principio intenté ayudarle con el instrumento. Además, nuestra vecina no soportaba el ruido, así que, si queríamos tocar, teníamos que ponernos unos auriculares conectados al teclado.

—Catalina, así no siento la música —refunfuñaba haciendo sonar alguna tecla.

—Cariño, pero es que, si no, le molesta a la vecina.

—¡La música hay que sentirla! Si no suena, ¿cómo voy a saber si lo hago bien? —Cada vez subía más el tono.

—Baja la voz, Fabi —contesté, siempre tan correcta.

—Así no puedo. Mañana me busco unas clases en algún centro en el que pueda tocar sin límite de ruido —dijo mientras apagaba con desgana el teclado.

Y así encontró a Julien, un profesor de piano que llevaba años dando clases y que tocaba en una banda de jazz a la que íbamos a ver de vez en cuando.

Fabio estudió Periodismo porque en casa de sus abuelos había montañas de diarios, desde el más actual hasta algunos de hacía décadas. Aprendió a leer con esos papeles que dejaban la punta de los dedos manchada de tinta. Cuando su abuelo falleció, él tenía nueve años, y dejó de haber nuevos periódicos en casa. Su madre le dijo que, desde ese día, se los enviarían a otro sitio donde pudiera leerlos. El niño pensó que la manera de seguir cerca de su abuelo era escribir en los periódicos que le mandaban a ese otro lugar, pues podría leer las noticias que él redactara. Lo que comenzó como una idea infantil acabó siendo su objetivo al hacerse mayor, la pasión que lo caracterizaba y que aún mantenía.

Sus labios eran grandes y su nariz, muy prominente. Siempre se le caían las gafas y tenía que estar subiéndoselas.

Se quejaba mucho del frío. Teníamos radiadores por toda la casa, y sus pijamas de invierno eran infantiles porque decía que calentaban más. «¡Cómo van a dejar que un niño pase frío!».

No tenía miedo a nada, ni a tirarse en paracaídas, ni a viajar solo, ni a raparse el pelo ni mucho menos a no encajar. Le gustaba la fotografía, comprar flores, leer por las mañanas en la cama mientras yo seguía durmiendo, cocinar recetas de otros países y jugar al tenis con su amiga Julia, una chica a la que conoció en su época de estudiante y que tenía un ojo de cada color. Montaba muchos planes, pero si su hermana lo necesitaba, suspendía cualquiera de ellos.

Prefería la Pepsi a la Coca-Cola, nadar a correr y la montaña a la playa. Me prefería a mí antes que a cualquier otra. Siempre decía que, si hicieran una película de nuestra historia, todos dirían que querían un amor así. Le gustaba el cine de terror, pero se escondía detrás de una manta. Tenía la voz más sexy que había oído jamás. Me llamaba «Catalina», pero también «*mozinha*», que en castellano significa «mi chica». Cuando pasábamos momentos difíciles, siempre me decía: «Si me necesitas, silba», por una película que vimos en un ciclo de clásicos de Humphrey Bogart.

A veces me recordaba a mi madre. Mi referencia fue una mujer que me enseñó a respetar y valorar las opiniones de los demás, la empatía y la sensibilidad. Dicen que muchas buscan a la figura paterna en el amor de pareja, porque, en la mayoría de los casos, es su primer referente. Y mucho más para mí, que fue una mujer. A través de ella aprendí a manejarme en la vida, a resolver conflictos, a formar vínculos y un largo etcétera. Fabio tenía lo más importante, lo que siempre definió a mi madre: valentía.

Mariana no tuvo miedo de criar sola a una hija. Él tampoco lo tuvo al dejar su relación de tantos años porque se enamoró de mí.

A ninguno le importó saltarse la norma cuando creyó que debía hacerlo y, sobre todo, lo que más los unía era que los dos me miraban como si fuera lo más valioso que tenían.

8

Objetos perdidos

Esa manera de ser tan única de Mariana la convirtió en una de las profesoras más cotizadas de la universidad. Era cercana, y los alumnos querían estar con ella, ya fuera para tomar un café o para que los ayudara en sus proyectos personales.

Los días que mi madre tenía tutorías, me recogía del colegio para pasar la tarde con ella en el despacho mientras recibía a algún alumno con dudas o a los que iban a revisar un trabajo. Su asignatura era Literatura española contemporánea. Gracias a algunos de los ejercicios que mandaba, podía encontrar nuevas voces y ayudar a crear pequeñas propuestas para las editoriales. Recuerdo una ocasión en que estaba preparando un libro de relatos sobre historias de la vida rural con uno de sus alumnos aventajados, Ricardo. Me gustaba seguir el curso del proyecto junto a ellos. Mariana me incluía en sus conversaciones para que entendiera de lo que hablaban sin adornarlas con palabras infantiles, sino explicándomelo de forma atenta e invirtiendo tiempo para que lo comprendiera.

Cada mes se reunían en su despacho: seleccionaban nuevos escritos e iban eligiendo los mejores para preparar un buen libro. Querían mandarlo a todas las editoriales y concursos.

Una tarde, mientras estaban con las correcciones ortográficas y hablando sobre el título, me entretuve con el Jenga, ese juego en el que se amontonan piezas de madera para crear una torre, para luego ir quitando módulos y evitar que se caiga la construcción.

—«Relatos de una vida diferente» —propuso Ricardo con seguridad.

—Pero Ricardo... —reía mi madre mientras negaba con la cabeza—, ¡cómo escribes tan bien y me dices ese título!

—¡No lo sé, Mariana! —exclamó ahogándose en sus propias carcajadas—. A ver, ¿qué ideas tienes tú?

—He estado releyéndolo todo y sueles utilizar una expresión en la mayoría de los relatos, «Al otro lado», para referirte a otro estilo de vida.

—¡Es cierto, Mariana! Los vecinos, mis padres y los pastores siempre hablan así de la ciudad. Parece que viva-

— 46 —

mos detrás de un muro y que no llegue la cobertura. No funciona el servicio de las apps de comida a domicilio, solo nos alimentamos de productos bío, pero a precios asequibles… Al otro lado, la vida es de otra manera.

Mientras debatían sobre el título se cayó la torre y, del susto, se me derramó el zumo en la camiseta.

—Cariño, al final del pasillo hay un baño. Ve a limpiarte y trae papel para secar la mesa.

Era la primera vez que iba sola por los corredores de aquel edificio tan austero: techos altos con vigas de madera oscura, cuadros enormes con marcos dorados, suelo de mármol blanco sobre el cual, al andar, el sonido de los pasos hacía eco…

Por las tardes, en la universidad no parecía que hubiera tanto adolescente estudiando. Había mucho silencio. En invierno, como anochecía temprano, producía la sensación de película de miedo. Mientras buscaba el baño iba mirando los cuadros y los corchos con anuncios: «Se ofrecen clases de Lingüística para primero de Filología», «Fotocopias a buen precio en Papelería Tips. Solo a cincuenta metros de la universidad», «Se alquila habitación. Somos dos chicas y un gatito», «Vendo los libros de tercero de Historia del arte»… De pronto, cuando miré hacia atrás, me di cuenta de que había perdido de vista la zona de despachos y que no aparecían las indicaciones del baño por ninguna parte.

Recordé que hacía un par de años me perdí en un centro comercial. Cuando mi madre me encontró, me aconsejó: «Si vuelves a perderte, quédate donde tenga sentido que te busque». Aquella tarde, entre tantas tiendas, me fui a un pequeño quiosco con globos y dulces a esperarla, y la tendera me regaló palomitas y un globo. Solo pasaron unos minutos hasta que Mariana llegó a por mí, porque anunciaron por megafonía que Catalina Garbade se encontraba en Doces e Diversão.

Pero yo estaba tranquila. Sabía lo que tenía que hacer: ir al lugar donde tuviera sentido que me encontrara.

Por los pasillos no había gente, todos los alumnos estaban en clase. Si alguien me veía, quizá pensara que era una niña prodigio que estudiaba en la universidad a los siete años. De repente me vi ante una puerta entreabierta con un letrero en el que ponía PERSONAL DE LA UNIVERSIDAD. La empujé despacio al tiempo que pedía permiso para entrar, pero no había nadie en la mesa de recepción. Quizá estuvieran tomando un café o fumando un cigarrillo y no tardasen en llegar. Me quedé esperando mientras observaba la sala: un par de ordenadores con el logo del centro a modo de salvapantallas, lámparas de cristal verde al estilo inglés, un sofá muy cómodo delante de una mesita de cristal llena de revistas universitarias y un armario enorme donde ponía OBJETOS PERDIDOS.

«Si vuelves a perderte, quédate donde tenga sentido

que te busque». Abrí el armario, como quien encuentra la solución perfecta. ¿Qué mejor lugar para buscar algo perdido? Entre mochilas y abrigos, me metí dentro y me senté a esperar. Tenía claro que estaba en el lugar correcto.

Después de veinte minutos sin que apareciera nadie, mi madre abrió la puerta.

—Me has asustado, Cata. ¿Qué haces aquí? —dijo con la voz temblorosa.

—¿Y tú? —contesté, como si todo fuera un juego.

—Yo sabía que te quedarías...

—¡Donde tenga sentido que te busque! —dijimos las dos a la vez, y nos pusimos a reír.

Me sacó del armario y me dio un abrazo de esos en los que sientes que te falta el aire. En ese momento no fui consciente de que algún día podría ser yo la que la perdiera a ella. Y... ¿dónde debería buscarla?

En esta ocasión no era un juego, ella no estaba escondida esperando a que yo llegara. Pero había un lugar donde podía reencontrarme con ella: su casa. Escuchar los discos que guardaba en el salón, leer los libros que tanto subrayaba y sentir lo que para ella era relevante en las fotos que tomaba.

9

La memoria

Mariana empezó a olvidar cuando aún seguía viva. Una persona con tantas cosas que contar se vio inmersa en una enfermedad que, poco a poco, iba acabando con su memoria, pero no con lo vivido.

El miedo llega con una palabra, no con unos síntomas. Lo que aterroriza es escuchar de boca de un médico el término «alzhéimer».

La primera vez que me di cuenta de que algo no iba bien fue un día de verano, hacia las cinco de la tarde. En ese momento, todavía no me alarmaban sus descuidos.

A Mariana siempre le había gustado beber agua con hielo y una rodaja de pomelo. Era su refresco para después de comer. Aquella tarde fue a la cocina decidida y la oí decir: «Y yo, ¿a por qué he venido?». Cuando salió, llevaba en las manos un vaso de agua muy caliente con pomelo.

—Mamá, ¿y el hielo? —le pregunté confusa, pues no se había preparado su bebida favorita.

—Mmmm, no lo sé —respondió—, no me apetecía.

Supongo que ya era consciente de sus despistes, pero en privado, y para no alarmarme, no me había comentado nada. Sin embargo, me percaté de que algo no iba como debía.

Después llegaron los silencios al preguntarle cualquier cosa, los zapatos en lugares que no correspondían y las ventanas abiertas en pleno invierno. Llegó el miedo, el suyo y el mío. Pero siempre cuando la otra no pudiera verlo.

Para ayudarla a recordar, recuperé esa manera tan original con la que ella me enseñaba las palabras complejas en español: coloqué pósits por toda la casa en los que anotaba quién era o qué iba a buscar, adhesivos escritos a mano para guiarla en el camino. En el congelador pegué uno en el que ponía HIELO para cuando no recordara por qué estaba delante de la puerta abierta del frigorífico. También puse uno en la cafetera, AGUA Y CAFÉ, ya que estuvo varios días hirviendo solo agua. En el baño había un par en los que escribí GEL-PIEL, CHAMPÚ-PELO; en el dormitorio, LUZ APAGADA PARA DORMIR..., y así hasta que pegué en cada espejo de la casa el último, el más difícil: MARIANA.

Desde que le diagnosticaron la enfermedad hasta que llegaron los efectos más aterradores no pasó mucho tiempo. Al final, su mente se olvidó de que pertenecía a su vida, pero quise recordarle quién era. Al menos intenté que lo escuchara como si estuviera hablando de otra persona, pero no quería que todo lo que había vivido se quedara en el olvido.

Les pedí a sus compañeros de la universidad que me contasen historias que hubieran vivido con ella. Descubrí que había fumado mucha marihuana y que nunca le gustó Janis Joplin. Lo de Janis ya lo sabía; alguna vez, en el coche, si sonaban sus canciones cambiaba de emisora. Pero incluso en el departamento conocían su aversión a la cantante. También fue la cabecilla de unas manifestaciones sobre la educación pública, y no me extrañó, pero me emocionó la admiración con la que me lo contaron.

Le relataba esas historias. A veces conectaba tanto con ellas que sabía que hablaban de ella; algunas parecían cuentos y otras no quería seguir escuchándolas. En ocasiones decía nombres de personas que yo no conocía o me preguntaba si iba a pasar su amigo Luis por casa. En otras, la oía hablando sola sobre feminismo y relataba a gritos discusiones entre sus compañeras del foro: «Matilde, ¡hay que luchar», «Helen, ¿cómo que no tienes

— 52 —

valor?». Cuando le preguntaba por esos nombres, ya había desconectado y me contestaba de malas maneras que quiénes diablos eran esas personas.

En casa había cajas con libros antiguos, fotos, cartas y muchos documentos que guardaba por si los necesitaba en el futuro.

Uno de los primeros días en los que tomé la iniciativa de recordarle quién había sido y seguía siendo, fui al altillo de su cuarto a coger una de esas cajas y nos reunimos en el salón para que me contara por qué lo guardaba.

—¡Ten cuidado con lo que coges! ¡Tu madre tiene vida privada! —me gritaba riendo.

Empezamos viendo algunas fotos de cuando era pequeña, pero tampoco tenía tantas porque la relación con su familia no había sido de las mejores: hija única de un matrimonio complicado con el que no compartía ideología ni forma de vida. Cuando pudo escapar, viajó a Lisboa y acabó su último año de carrera en esa universidad. Muy pocas veces fuimos a Madrid o ellos vinieron a vernos.

Entre tantas fotos, en el fondo de una caja de cartón encontré una en la que salía con algunas amigas; tendrían unos dieciocho o diecinueve años. De la instantánea colgaba una servilleta sujeta con un clip en la que ponía: ISABELA, CATALINA, FRIDA, AURA, y «Catalina» en un círculo. Por un momento no supe qué pensar ni entendí por qué había adjuntado ese papel a la fotografía con mi nombre rodeado. Cerré la caja como si tuviera miedo de encontrar algo, pero quise saber qué más había en su interior. Aquel día se nos hizo tarde y dejamos para otro momento la conversación sobre lo que allí guardaba.

Cuando me fui a la cama, empecé a darle vueltas a la maldita servilleta. Y no fue porque mi nombre estuviera rodeado, ni porque quisiera averiguar quiénes eran las otras chicas, sino porque la guardaba con la fotografía. Quizá tuviera una explicación sencilla, pero mi arrebato de guardar rápido el papel antes de que ella se diera cuenta de que lo había visto me jugó una mala pasada. Por mi cabeza empezaron a cruzar un montón de situaciones.

Al día siguiente, en el desayuno, mientras ella preparaba el café, estuve dando tumbos por la cocina pensando cómo preguntarle sobre lo que me inquietaba. No quería husmear en su privacidad y remover sus cajas, así que preferí sacar el tema de una manera sutil y no volver a abrir ese altillo.

—Mamá, ¿por qué me pusiste Catalina? —le pregunté mientras colocaba el pan y la mantequilla en la mesa.

—Pues mira, lo supe desde joven. No fue algo que pensara al quedarme embarazada. Recuerdo que una tarde estuve buscando el significado de los nombres que me gustaban. Quería elegir uno que reuniera las cualidades que, para mí, debía tener un hombre o una mujer. Si hubieses sido niño, me gustaba Silvio, carismático, paciente y amable. Para niña, lo tenía claro, Catalina, mujer joven llena de vida, que irradia energía y muy protectora. Para que me cuides mucho.

—¿Tenías más opciones?

—Mmmm, no lo recuerdo, cariño. Creo que también me gustaba Frida, porque ya sabes que me encanta Frida Kahlo por su fortaleza e independencia. ¡Ni su enfermedad pudo con ella! E Isabela, por la gran Chavela Vargas, que cantaba una de mis canciones favoritas, «La llorona», cuya versión se la dedicó a Frida. Se cuenta que se profesaban una admiración inmensa, pero nunca se supo si fueron amantes o solo fue un amor platónico.

Mientras salía el café, bajaban mis incertidumbres. Su beso era el antídoto para cualquier duda. Un papel, una foto, que más daba.

10

Una mujer que no conozco

Después de visitar la casa de mi madre y quedarme bloqueada al no encontrarla allí, supe que tendría que volver, y no quería retrasar el momento de empezar a recoger las cosas que quedaban en Padaria 4. Fueron muchos años compartiendo vida y situaciones… Sin embargo, en ese instante la casa era una caja de cerillas que me daba miedo abrir. En cada rincón, una charla, una emoción, una confesión o una risa. Pero debía empaquetarlo todo. Una de sus últimas voluntades, antes de comenzar a no tenerlas, fue que todo lo que tuviera y fuese útil para otras personas se donase: libros para la biblioteca pública, ropa para casas de acogida, muebles y electrodomésticos para viviendas de los necesitados. Mariana estaba muy comprometida a nivel social, y eso me lo dejó en herencia.

Nunca tuvimos una vida de lujos, a pesar de que éramos de clase media alta. Nuestros caprichos eran otros, y me enseñó a valorarlos desde pequeña. Cuando hablaba de los nuevos lujos y de ese poder de alucinación por cosas que no eran necesarias, reflexionaba sobre un fragmento de Rosa Montero que leyó en el que decía que una niña cantando bajo un árbol era lo más espléndido que la vida nos podía regalar.

Delante del portal, saqué las llaves, que llevaban una placa metálica con un sol grabado, un souvenir que se trajo de Galicia el verano del 98; hacían un ruidito algo molesto al sacarlas del bolsillo. El ascensor era de madera, de los antiguos. Cuando me hice mayor y ya podía dar zancadas de las que superaban más de dos escalones, siempre pensé que tardaría menos a pie que en ese elevador, pero vivíamos en el 5.º A, así que, después de dos o tres pisos a ese ritmo, llegaba agotada. Además, el ascensor era de los de correaje, y me fascinaba ver el sistema de poleas. Una vez dentro, pulsé el botón con el número 5 para que me llevara a casa.

Delante de la puerta, me encontraba más cerca de ella de lo que había estado desde que se había ido. Al entrar, estaba todo a oscuras: las ventanas cerradas y las persianas bajadas. Reinaba el silencio. Mis pasos hacían crujir la madera del suelo. Seguro que siempre sonó, pero no lo oí nunca; quizá me lo impedía su saludo o el de la chica que la cuidaba.

Encendí la luz de la entrada y dejé las llaves y la cartera en un mueble alto que había a la derecha. Después fui al salón para abrirlo todo y permitir que entrara la luz. Era un bonito día de primavera, de esos que huelen a flores porque los árboles han reverdecido. Durante esos meses, la brisa de Lisboa era muy agradable: podías olvidarte la chaqueta en casa y disfrutar del sol en alguna terraza. Desde el balconcito se alcanzaba a ver el puerto y el mirador del río Tajo, lo que hacía que el aire entrara directo al salón con aroma a costa. En el apartamento que compartía con Fabio, en el barrio do Rego, lo echaba de menos.

No sabía por dónde empezar. No tenía claro qué hacer con el piso: si venderlo o alquilarlo. En el salón había muchas lamparitas y trastos de cristal para los que no había llevado papel de burbuja; en el dormitorio, ropa y más ropa, porque Mariana era muy presumida; en la cocina, cachivaches de mucho peso que no tenía ganas de cargar, así que lo más fácil era empezar por los libros. Había cientos de ellos. Solo tenía que empaquetarlos y llevarlos a una tienda de segunda mano.

Las paredes del pasillo estaban forradas con estanterías del suelo al techo repletas de revistas, magazines, folletos, guías de viajes y autoediciones.

En el salón había un mueble que ocupaba todo un lateral lleno de novelas: *Las mil y una noches* que mi madre me leía de pequeña, los libros de Carmen Laforet y Maruja Torres que tanto le gustaban, y las últimas novedades editoriales. La poesía nunca fue una de sus pasiones. Tenía algún clásico por sus clases en la universidad, pero no por interés. En casa no se tiraba nada que tuviera letras. De números, solo teníamos el calendario.

Preparé la primera caja. Con un paño, quité el polvo que cubría los libros antes de guardarlos. No quería entretenerme mirando cada ejemplar porque, si no, el día se me haría eterno. Sin embargo, decidí quedarme los que me leía de pequeña y aquellos que había comprado y no tuvo tiempo de leer. Si algún amigo con buen criterio le recomendaba una novela, al día siguiente la tenía en casa para leerla en algún momento. Todos esos libros estaban en una balda; eran los pendientes. Y como ella no había tenido tiempo de hacerlo, pensé en empezar a leérmelos yo. Uno a uno, fui colocándolos para aprovechar el espacio, pero me di cuenta de que necesitaría más cajas; en cada una, solo cabían entre veinte y veinticinco. Recogiendo, me sentía cerca de ella.

Quizá los libros no son solo cartón y papel. Tampoco la ropa es únicamente hilos de algodón y lana. Y mucho menos las lámparas, solo metal y cristal. Detrás de cada objeto había una historia, como el día que se rompió la lamparita del salón porque el perro de la vecina enloqueció debido a un trueno y saltó al sofá sin medir las distancias. Cuando se fueron, la arreglamos con un pegamento tan fuerte que nos costó quitárnoslo de los dedos. O el pañuelo que siempre se ponía para las fiestas de San Antonio. O ese ejemplar al que se le caían las páginas que compramos en el mercado de segunda mano, aunque ya tuviera en casa un par de ediciones de ese libro. Volver era acercarme a su vida, a la mía. Me aterraba, así que lo estuve posponiendo por si me venía abajo. Sin embargo, fue tan reconfortante que decidí avisar a Fabio para decirle que no iría a dormir, pues quería recoger lo máximo posible, aunque acabase muy tarde.

Necesitaba más cajas, así que bajé a buscar algunas al restaurante indio que teníamos al lado del portal. Cuando volví, conecté el móvil a un pequeño altavoz, elegí una lista de reproducción y seguí recogiendo. Empezó a sonar una canción preciosa de un joven cantautor portugués.

Al limpiar la cubierta de uno de los libros vi que, entre las páginas, asomaba un papel. Era una edición de *Levantado del suelo*, escrito en 1980 por Saramago, uno de los autores favoritos de mi madre. Posiblemente, tuvo parte de culpa de su traslado a Portugal. Antes de leer la nota, repasé la sinopsis: diferencia de clases, revolución agraria y una historia que culminaba en la romántica Revolución de los Claveles. No era raro que guardara una reflexión o un panfleto de la época. Mi madre tenía una letra preciosa, de las que parecen de tipografía antigua. Con ganas de verla de nuevo, cogí la nota, pero no era su letra, ni tampoco su firma.

Porque el AMOR es como la libertad.
No depende de los hechos, sino de los límites.
Y yo, contigo, los he perdido todos.
E. C.

Al leerla, me quedé desconcertada. Por un momento pensé que quizá era un libro de segunda mano, de esos en los que hay anotaciones del propietario anterior. Pero si se lo habían escrito a mi madre, ¿quién era E. C.? Jamás le había conocido un amor a Mariana, nunca me había hablado de ningún hombre con el que hubiera tenido una cita o por el que sintiera algo más que amistad. Me quedé repasando esas palabras una y otra vez, y se despertó en mí una sensación extraña… De pronto, relacioné esas iniciales con un hombre que quizá fuera mi padre. Llevaba muchos años sin pensar en ello, había logrado apartarlo de mí. Sin embargo, volvió a resurgir con esa nota.

Eran palabras de amor, un amor pasado, un amor de los que lo revuelven todo. Volvía a releer esas frases que ocultaban un sentimiento desbordantemente puro. Aquellas iniciales no encajaban con nadie que yo cono-

— 61 —

ciera. ¿Quién le había escrito? ¿Quién había sentido ese AMOR en mayúsculas por mi madre? Intenté hacer memoria… Recordé a un tal Ernesto con el que ella había coincidido en su última temporada laboral, pero no tenía ni idea de cómo se apellidaba. ¿Tal vez fuera él? E. C., E. C.… De pronto, me encontré rebuscando en una antigua agenda que Mariana tenía al lado del teléfono. Había varios nombres que empezaban por e, pero la inicial del apellido no era una ce. E. C., E. C.… Volví a leer la nota. Parecía más que una amistad… Ella nunca me habló de un amor como ese, de un amor sin límites. No sé en qué momento se disocia el amor, y más aún el sexo, de las figuras paternas. Coloqué a mi madre en un lugar en el que esos aspectos parecían estar fuera de su vida. ¿Cómo iba a desear un cuerpo, cómo iba a emborracharse e irse a casa de cualquier tipo que la atrajera? Mandarse fotos subidas de tono, masturbarse… Fue una mujer que se entregó a su hija, a mí, y el centro de su vida era cuidarme. Sin embargo, aunque fuera así, su cuerpo seguiría deseando, y, por supuesto, antes de que yo llegara al mundo tuvo que sentirse atraída por otras personas.

Ante la situación, decidí llamar a Fabio para comentarle lo que había encontrado.

—Cariño, sé que es tarde. No te preocupes, está todo bien. Es que en un libro de mi madre he encontrado una nota de un tal E. C. Es una declaración de amor, y no sé… No sé quién es, las iniciales no coinciden con ninguno de sus amigos.

—¿Cómo? ¿De cuándo es la nota?

—El libro es de 1980, pero no sé de cuándo será la carta. El papel parece antiguo…

Cogí de nuevo el libro para intentar averiguar si era una anotación de aquella época o de cuando ya vivía en Portugal.

—A ver, Catalina, ¿me llamas a las doce de la noche para decirme que tu madre igual tuvo algo con alguien? —quiso saber, entre el enfado y el asombro.

—Mmmm, quiero responder que sí, pero parece que no debería, ¿no?

—Cariño, las madres también follan. Y tienen un pasado antes de que nazcamos. —Su voz sonaba cansada, quizá lo había despertado—. No le des más vueltas. Seguro que no has parado en toda la tarde y estás agotada mental y emocionalmente.

En ese momento me di cuenta de que igual me estaba obsesionando y no debía darle tanta importancia, pero me invadía una sensación desagradable y confusa. La nota había hecho estallar en mí un tsunami de pensamientos. Tal vez la reacción se debía a ser hija de madre soltera. Esa búsqueda eterna de quién fue el donante, cómo era o si Mariana tenía acceso a él y no me lo dijo. O peor aún, si toda esa historia no era real y se quedó

— 63 —

embarazada de un hombre casado o de uno que tal vez huyó cuando se enteró de que estaba encinta. Mis miedos de niña volvieron con la nota de E. C. No quería pensar eso: conocía mi historia y sabía que mi madre fue al Reino Unido para hacerse la inseminación. No, Mariana no me mintió. Volví a leerla por última vez. ¿Por qué me despertaba esos sentimientos? ¿Por qué algo muy dentro de mí me decía que no era una nota más? Ese AMOR en mayúsculas me resultaba revelador, se me había clavado en el pecho, supuse que igual que a mi madre al leerlo dos o tres décadas atrás. No estaba fechada, y encima era de un remitente misterioso…

En los treinta y tantos años que conocí a mi madre nunca me contó que sintiera un amor romántico por nadie. ¿Quién era E. C.? ¿Por qué nunca supe de él? Volví a meter la nota en el libro y lo dejé fuera de la caja para llevármelo a casa. Seguí recogiendo, aunque en el fondo solo buscaba otra carta.

Después de terminar con la mitad de las estanterías, fui al que había sido mi cuarto durante años para echarme a descansar. Todo seguía casi igual que cuando era adolescente: muñecos de colección, una balda de madera donde había una hilera de CD antiguos y un cuadro con mi nombre, de los que hacían en las ferias con espráis de colores.

Antes de conciliar el sueño, recordé la noche en que

encontré la foto con sus amigos de la adolescencia y mi nombre rodeado. No era meterme en su intimidad, solo quería saber más sobre ella. Era tarde para buscar en el altillo, así que preferí descansar y seguir al día siguiente.

11

La búsqueda

Me despertaron los maullidos de los gatos que se colaron en el patio interior. Durante unos instantes me quedé observando la marca que reflejaba la luz al pasar por la ventana. Habíamos hecho pocas reformas en casa: las ventanas seguían siendo de madera, y por fuera colgaban persianas de lamas que se enrollaban con una cuerda. El suelo era de baldosas de terracota, bastante frío en invierno pero muy fresco en los veranos asfixiantes. De hecho, los días en que no podíamos dormir por el calor cogíamos un futón muy fino que guardábamos doblado dentro de un armario y lo poníamos delante de la ventana abierta para que el poco aire que entraba nos permitiera dormir mejor. Lo que para ella era una noche horrible sin descansar por el bochorno, para mí era toda una aventura.

Cuando encendí el teléfono, tenía varios mensajes de Fabio en los que me preguntaba por mi crisis existencial de la noche anterior al encontrar las iniciales del presunto y desconocido amante de mi madre.

—Lo siento, Fabio. ¿Te desperté anoche? —quise saber cuando le llamé mientras calentaba un cazo de leche.

—No te preocupes, Cata, estaba medio dormido. Me sorprendió lo que me dijiste. Si necesitabas hablar conmigo a esas horas, no quiero ni pensar la de vueltas que le diste a ese tema.

—Sí, no sé... Ella nunca me habló de ninguna relación. Esa nota fue como abrir una puerta a otro mundo, uno en el que mi madre fuera otra persona. ¿Me explico?

—Entiendo... Descubrir que nuestros padres tienen vida más allá de nosotros siempre nos parece extraño.

—Sí, al principio me sorprendió que tuviera un amor del que yo no sabía nada. Ya sabes que nos lo contábamos todo. Pero luego pensé que tal vez Mariana renunció al amor de pareja por entregarme todo su tiempo a mí. No sé, de algún modo, me sentí mal por haberle robado su vida. ¿Por qué, si no, lo mantuvo oculto?

—No pienses tanto, ni siquiera sabes si fue antes o después de ti.

Era una mujer muy atractiva y con un gran sentido del humor. «Un día sin sonrisa, un día perdido», decía. Tenía los ojos grandes, aunque, por la miopía, el cristal

— 67 —

de las gafas los hacía parecer más pequeños. Cejas muy finas, nariz preciosa. Se empezó a teñir el pelo de un tono castaño claro cuando le salieron las primeras canas. Pero lo que la caracterizaba eran sus paletas separadas, que la hacían guardar una imagen juvenil y algo traviesa. Le gustaba vestir cómoda, a veces demasiado. Mantenía un buen físico porque le encantaba nadar, pero nunca llevaba ropa ceñida. Un poco hippy, algo desaliñada y sin apenas maquillaje. Parecía tener diez años menos, y eso siempre causaba estragos entre los alumnos. No supe si le habían puesto algún mote, pero seguro que hacía referencia a su luz, a su buena energía y al «Nunca nada es tan grave». Siempre temía las revisiones de exámenes de los que suspendían, la emocionaban hasta el extremo las lágrimas o el dolor. Nunca llevaba dinero suelto, porque se arruinaba. Era alérgica a los gatos, como señal del destino para que no adoptara a todos los que veía sin hogar, y su lucha constante era entregar amor. Tanto era así que, cuando la decepcionaban, le rompían el corazón. Era pura, sincera y valiente. «Mariana» era el nombre que pocos olvidarían si pasó por sus vidas.

Cuando me terminé el café, respiré hondo antes de volver a su dormitorio y seguir recogiendo libros y cajas sin saber si encontraría más pruebas de ese amor. No quería crearme falsas esperanzas. Descubrir nuevas dedicatorias no implicaría averiguar quién fue mi padre.

Su cuarto estaba al fondo de la casa. Todas las estancias tenían una puerta de madera, menos la suya, que era doble. Tenía una alfombra blanca a los pies de la cama y dos mesitas de noche de cristal verde. Me subí a una silla para llegar a las cajas. Había unas más grandes que otras, pero fui directa a la que sabía que conservaba la foto y la servilleta.

Lo primero que encontré fue aquella instantánea que años atrás guardé con rapidez. Volví a mirarla con atención. Después vi otra en la que salían cinco amigos disfrutando de una tarde en el parque. Al lado de mi madre, un chico con barba y gafas de sol; junto a él había otro con una gorra y un litro de cerveza en la mano; en la otra punta, una chica muy bajita con el pelo muy largo y rizado; de su mano, un muchacho alto. Formaban una pareja peculiar. Cuando me hablaba de esos años en Madrid, solía incidir en la de conciertos a los que iba en el parque de San Isidro para ver a distintos cantautores.

Observé la foto con detenimiento. Mariana tenía una mirada distinta a la que conocía. Una madre no mira a nadie como a su hijo. Conocía sus ojos, esperaba que se volvieran espejo al fijarse en mí, que toda la dulzura del mundo se concentrara en sus pupilas para pronunciar mi nombre, y que siempre se cerraran, excepto la última vez, después de los míos.

Detrás de la instantánea había anotado la fecha: «16 de

abril de 1979. Concierto de Paco Ibáñez». La dejé donde estaba y seguí mirando todo lo que guardaba allí dentro. Entre las fotos, había entradas de conciertos, panfletos de la aparición de Izquierda Unida, cajas de cerillas y tres sobrecitos. Parecían los típicos que van en los ramos de flores. Desde luego, era el regalo perfecto para ella, daba igual si eran claveles, lirios o rosas. Le encantaba recibirlas y cuidarlas para que le duraran lo máximo posible. En ese sobre encontré una tarjetita: «Enhorabuena por tu matrícula de honor». Sin remitente, felicitándola por sus notas. En la siguiente tarjeta, también sin firma, ponía: «Felicidades, Marioneta». Quizá fue por su cumpleaños. En la última, anónima de nuevo, se leía: «Colócalas donde les dé tu luz».

Ahí me detuve, con la mano temblorosa. Esa letra era la que la noche anterior había estado leyendo una y otra vez. Corrí al salón y cogí el libro de Saramago que guardaba la nota amarillenta. La letra coincidía. Era él. El desconocido y, por lo visto, detallista. Miré a mi alrededor. ¿Habría más? ¿Le regaló más flores o libros dedicados? ¿Cuándo dejó de hacerlo? Volví al dormitorio y cogí otra caja del armario para ver si podía seguir descubriendo detalles de la historia.

Hubiese preferido preguntárselo a mi madre, haber ido a cenar al tailandés que tanto le gustaba y pedir uno de esos platos picantes que nos hacían llorar por el ardor hasta que nos traían más agua. Decirle que me hablara del amor en su juventud mientras se llevaban los platos vacíos y nos servían el licor. Pero solo hablamos de algo parecido una vez, paseando por un parque cercano a casa, cuando nos cruzamos con una pareja muy acaramelada.

—El amor romántico, Catalina —dijo irónica.

—¿A qué te refieres con «amor romántico»? ¿Acaso no es redundante, como decir «agua mojada»?

—No, para nada. Por separado, cada uno de estos términos tiene su propio significado. Sin embargo, al unirlos, toman una connotación un poco de… ¿cuento irreal? Hay mucha gente enamorada del amor —contestó, como si tuviera un argumento mucho más extenso que no quisiera compartir conmigo.

—¿No crees en el amor?

—Sí, claro que sí. Pero en el amor romántico, no.

—A ver, ilústrame —le pedí, deseando escuchar sus ideas.

—Probablemente nunca encontré a nadie que entendiera el amor como yo. O a lo mejor no estuve dispuesta a abrirme para que no me hicieran daño. Cuando eres madre, sabes que la persona con la que compartas tu vida tendrá un papel más o menos importante en la vida de tu hija. Y nadie ha estado a la altura de formar parte de nuestra pequeña familia de dos. Pedían mucha atención, exclusividad o no aceptaban que mi vida ya fuera plena. «Sin ti, sigo siendo feliz» es algo muy difícil de asimilar, y no tengo miedo a decirlo desde el principio. Para amar, hay que ser muy valiente, Catalina. Siempre me crucé con cobardes que solo querían una historia de amor romántico en la que el compromiso y la honestidad no fueran los pilares fundamentales. Las flores, el beso bajo la lluvia, el «Me muero sin ti». Todo eso no construye una relación inquebrantable. Para que algo no se caiga, solo hay que aceptar que a lo mejor se tambalea.

—Mamá, pero… ¿conociste a alguien? —le pregunté curiosa.

Se echó a reír, se atusó el pelo y seguimos caminando.

—De todo lo que te he dicho, ¿esa es tu pregunta? Anda, cotilla. Durante estos años he podido tener alguna ilusión, pero no han acabado en nada. ¿Recuerdas a Valentina, la chica que venía a cuidarte algún viernes cuando eras pequeña?

—Sí, claro. Era muy divertida y solía traer juegos de mesa.

—Pues cuando alguna vez se quedaba a dormir era porque la noche se me había alargado un poco.

—¿Cómo? ¿A quién conociste? —quise saber, asombrada.

—Venga, Cata. Deja de preguntar. Vamos para casa, que se hace tarde. Y sí, conocí a alguien hace años. Pesaba dos kilos y cien gramos, y me cambió un poquito la vida.

Volvimos aligerando el paso porque se oían truenos cerca. Era un viernes de esos en que yo pasaba del plan con mis amigos: mi madre había invitado a cenar a su amiga María y a su novio, al que no soportábamos. Además, la quiche de María era para cancelar cualquier fiesta en un viejo piso de estudiantes con cerveza caliente.

Mientras seguía rebuscando entre las cajas, pensaba en la mujer que tenía miedo a que le hicieran daño. A mí y a ella. Uno de esos gallinas tenía que ser el que le mandó las flores y le escribió en un libro que «el AMOR era como la libertad». Resoplé para restar importancia al desconocido. Al fin y al cabo, nunca me habían hablado de él, ni ella ni sus amigos portugueses. Tal vez no fue tan significativo para Mariana, me quise convencer durante unos segundos, aunque algo en mí me decía que siguiera buscando.

Entre las cartas que encontré de sus amigos españoles —algunos que le escribieron durante los primeros años en Lisboa—, no hallé ninguna referencia a que tuviera pareja o una relación. Aquello acrecentaba mi curiosidad por esas iniciales misteriosas, pues los otros nombres me sonaban o podía identificarlos. De pronto, entre varios papeles y sobres, me topé con una postal de Helen, una de sus amigas de cuando aún vivía en Madrid.

¡Hola, Mariana!

Hace mucho sol en Alicante. No podrías soportar tanto guiri inglés, tanto calor y tanto ruido.

Ayer me acordé mucho de ti. Nos tomamos un helado de turrón que superaba al de la heladería de Preciados. Tengo ganas de volver y que me cuentes. ¿Sigues enamorada? ¡Dime que sí!

Un beso,

HELEN

En el sello de correos se podía leer que se mandó en 1981 desde el hotel Cairo de la costa alicantina. Ni siquiera sabía si la nota y la postal coincidían en el tiempo, pero estaba claro que Helen conocía los amores de Mariana. Sin embargo, hacía mucho que esa amiga había desaparecido de la vida de mi madre. El rompecabezas se complicaba, y le faltaban piezas. Seguí buscando entre los papeles, sin encontrar más pistas. Aparecieron recuerdos de otra época, de otra Mariana distinta a la que había conocido: la foto de un viaje a Navarra, un par de medallas de algún campeonato de natación. Y entonces... un barquito de papel hecho a mano con una frase: «¿Te vienes conmigo?». Era la letra de la nota del libro y de las tarjetas de las flores. La letra de E. C. De nuevo me asaltaron las dudas, la curiosidad y las ganas de conocer la historia completa.

Me hubiera gustado hacerle tantas preguntas... Tras su muerte, solo había una persona que pudiera responderlas. Tenía que encontrar a su amiga Helen y pedirle que me hablase de la vida de estudiante de mi madre, de esos amores universitarios. ¿De quién estaba enamorada Mariana?

Me enfadé con ella por haber roto con su pasado en Madrid y no haberme presentado aquel mundo, también suyo. Toda esa gente, los recuerdos entre los que estaba husmeando, eran ajenos a mi vida con ella. Mientras rebuscaba entre sus bártulos, entre un baúl y un joyerito, encontré otro papel doblado escrito a máquina que llamó mi atención.

12

La carta

Querida Mariana:

Mando esta carta a un lugar que no sé si será donde la puedas recibir. Me he encontrado a Luis y me ha dicho que te has ido a Lisboa, a trabajar en el departamento de Filología de la universidad. Fueron tantas las veces que hablamos de esa ciudad que puedo imaginarte andando por las calles que siempre quisimos conocer de la mano. Supongo que estarás haciendo el doctorado y que ya todos sabrán cómo te llamas. Nadie pasa por tu lado sin querer conocer tu nombre.

Espero que cualquiera que haya recibido esta carta en el departamento pueda entregártela.

Tengo que decirte tantas cosas que no sé por dónde

empezar. Has dejado mis manos sin un lugar en el que sentirse en casa, mis brazos están vacíos mientras abrazan a alguien que no eres tú. Y mis labios, ¡qué decirte de mis labios! Ante la cobardía, fueron los primeros en lanzarse a los tuyos.

No podemos enseñar al cuerpo lo que debe sentir. Desde que te conocí, vibraste en mí de otra manera. Tus manos, tan pequeñas, fueron el principio. «Encantada, soy Mariana», y ese sutil gesto de estrecharme la mano. Y empezaron los encuentros a solas, las tardes en el Retiro poniendo nombre a los pájaros y ese café que nunca llegamos a tomarnos en la azotea del Ritz, pero que tanto recreábamos. Ahí me di cuenta de que la vida mancha. Si quieres entregarte a lo que te tiene preparado, debes dejar de esperar salir sin un rasguño. Pero para eso hay que tener el valor que yo no tuve. Y ahora no sé qué hacer con lo que me queda y con lo que planeamos. Lo nuestro fue vivir en un constante intento de lo que pudo suceder más adelante. Nos crecían alas al imaginar una casa, el nombre de unos hijos y cómo serían las bibliotecas del pasillo.

Has ocupado mi futuro, y yo vivo en un constante pasado que no puede superar el presente.

¿Recuerdas lo que hablamos la noche de Navidad mientras dábamos un paseo por el centro? «Si algún día nos dejamos de querer y nuestro amor se acaba, por muchos años que pasen y muy mayores que seamos, si sientes que aún me quieres, intenta encontrarme».

Me da miedo pensar que solo han transcurrido dos años y ya lo intento. Siempre supe que alejarme de ti sería darle la mano a la pena, alejarme del tiempo. Contigo era consciente del paso de las horas, y no por las que compartíamos, sino por el peso de las que no pasaba a tu lado.

Mariana, me he quedado con la vida rota. De nada sirve sentir amor si no lo comparto contigo. Es como remar con un solo remo, como volar con una sola ala, como vivir mirando a un espejo. Te lo repito, me he quedado con la vida rota. Por favor, dame tu dirección e iré a verte.

Tu AMOR

P. D.: Si quieres, podemos vernos en alguna ciudad y pasar unos días en un lugar sin recuerdos. En Madrid, todo se ha quedado con tu nombre. Malasaña solo huele a ese perfume floral que llevabas cuando sabíamos que íbamos a romper El Penta, y mira que es difícil que no huela a noche de movida, pero lo conseguías. En la parada del autobús, sigo mirando el mapa del recorrido para leer el nombre de aquella en la que tantas veces te recogí.

Tu silueta sigue en el atardecer de los jardines de Sabatini. Y no he vuelto a ir al Prado; visitar aquellas salas contigo es uno de los recuerdos más hermosos que tengo. La fascinación, tu mayor cualidad, me hacía perder la cabeza por ti. Pocas emociones tienen más impacto que esa. Verte asombrada, viva y, por supuesto, feliz, al mirar los cuadros y emocionarte porque te superaba su belleza.

Algo similar me sucede a mí cuando veo las fotos en las que sales.

Escribirte está siendo lo más parecido a cogerte de la mano. Espero que, cuando leas esta carta, la aprietes fuerte.

13

El vino

Al contrario que mi madre, yo no podía callarme lo que sentía. Quizá por esa buena educación que ella me dio, aprendí desde joven a mostrarme vulnerable con los más cercanos. Me emocionaba fácilmente, nunca me daba miedo decir «Te quiero» o «Te echo de menos». Y a mi lado tenía a una persona con mucha paciencia que sabía llevarme a la perfección.

No dudé en ir a casa tras la montaña rusa de sensaciones en la que me encontraba después de leer las notas y la carta, y de ver todos aquellos recuerdos.

A Fabio le gustaba mucho el rock y, cuando estaba solo, aprovechaba para poner la música a todo volumen.

—¡Mi amor, he llegado! —grité al entrar para que me oyera.

—*Mozinha!* —Vino a besarme con ímpetu—. ¿Qué me cuentas? ¿Has averiguado algo más?

—Pues no sé ni qué decirte. He encontrado una carta… Tienes que leerla, Fabi.

La saqué del bolsillo de la chaqueta vaquera.

—Ay, Catalina, ¡qué nervios! —exclamó entusiasmado—. ¿Por qué me miras sonriendo?

—Por nada… Es que me encanta ver la pasión que le pones a todo —contesté mientras asentía con la cabeza—. Es poco común, ¿no? La gente cada vez tiene menos entusiasmo. Los chavales pasan de todo, y nuestros amigos solo piensan en comprarse una casa y tener hijos. Y su mayor pico de intensidad es ir a las salas esas que han puesto en el centro comercial. ¿Cómo se llaman?

—¿Las *scape room*?

—Eso, las alocadas *scape rooms*.

—Ay, qué intensa te pones a veces… —suspiró al tiempo que se reía de mis teorías.

—No me pongo intensa, cariño, es que adoro tu pasión: coges esta carta deseando leerla y, después de hacerlo, querrás encontrar a la persona que la escribió, me amas con la misma entrega… Y es la manera más animal, y a la vez más necesaria, de amar a un ser humano y que este sienta que lo aman.

—Eres una suerte —confesó mirándome a los ojos

como quien apunta a una diana—. Vamos al sofá y déjame leer este culebrón.

Le di la carta y me abrazó mientras la leía, gesticulaba cuando algo le sorprendía. No daba crédito, y me pedía, haciendo aspavientos con la mano, que le dejara leerla de nuevo. Me levanté a por una taza de té y a coger del macuto una tableta de chocolate de las clásicas, puro chocolate negro, que había comprado de camino a casa. Cuando llegué al salón, me miró alucinado, con ganas de comentar cada detalle. Sin embargo, entre sus pasiones había una que las superaba a todas: el chocolate, así que, en cuanto me senté a su lado, me arrebató la tableta de la mano.

—Ahora lo comentamos todo. ¡Qué rico! Sí, sí, increíble la historia de tu madre. Pero ¿y este chocolate? —dijo mientras encadenaba un placer con el otro.

—La tienda que nos gusta de Alfama estaba abierta y, como novedad, tenían este chocolate artesano de estilo suizo.

Se le estaba derritiendo, así que empezó a chuparse los dedos para saborear hasta el último rastro. Todos los recuerdos de nuestra relación siempre tenían esa chispa de dulzura. Como suele decirse, el amor es una amistad con momentos eróticos y, para nosotros, los recuerdos más excitantes estaban plagados de ternura. Esa búsqueda solo se consigue con la edad, tras encuentros sin cariño, relaciones con poca conversación y, sobre todo, etapas de baja autoestima. Lo que permanece no es más que el roce y el amor, y eso nada tiene que ver con unos abdominales marcados y un trasero de fuego. Gracias a ese aprendizaje encontré el amor en un hombre que devoraba media tableta de chocolate en menos de cinco minutos. Mientras recogía las miguitas que quedaban en el papel de aluminio, me pregunté si alguna vez mi madre había mirado a alguien como yo lo miraba a él.

La herencia que me había dejado Mariana no era medio millón de euros en el banco o dos pisos en la playa. Era más: un legado, una búsqueda. Y detrás de toda pesquisa había hallazgos, quizá inesperados. Lo llaman «serendipia», un descubrimiento providencial que se produce mientras se busca otra cosa. El sentimiento de abandono por parte de mi padre provocó que me hiciera cargo de mí, me apartó el velo con el que me ocultaba mi madre y con el que creía que nunca pasaría nada malo. Lograr que la vida no duela tanto empieza por cuidarnos.

Entre tanto ajetreo y los días de vacaciones que pedí en el trabajo, me di cuenta del tiempo que había perdido en algo que no me aportaba tanto como las horas que invertía en ello.

A veces necesitamos un buen golpe para descubrir

la vida que queremos. Tras el funeral de Mariana, empecé a plantearme si quería seguir como hasta ese momento. Cada vez que en la televisión salían anuncios motivadores de «Vive tu vida» o «Sueña a lo grande», me reía con Fabio y decía: «Pero ¿en qué mundo hay que estar para dejarlo todo con tanta facilidad?». Uno de los proyectos que siempre había tenido en mente, pero que por circunstancias no había llevado a cabo, era montar una tiendecita de bicicletas de alquiler. Me hubiera encantado arreglarlas y personalizarlas para que, cuando la gente las viera por Lisboa, todo el mundo supiera que eran de la pequeña tienda de Catalina. Mi afición por las bicis la despertaron los doble J. Ellos me enseñaron a montar de una forma muy práctica y rápida, sin ruedines, cogiendo carrerilla y soltándome calle abajo en Padaria. A las pocas semanas, y con tan solo seis años y algún que otro rasguño, ya sabía manejarla a la perfección. Después del verano de 1993, me regalaron mi primera bicicleta por mi cumpleaños. Era amarilla y verde, con una bocina más grande que mi mano y un cestito detrás. Desde ese momento fui una mujer subida a dos ruedas. Después llegó una BH mucho más grande para ir al colegio. Con el tiempo, aprendí a arreglarlas. Me gustaba desmontar cada pieza para limpiarla, cambiar los frenos y las gomas, y colocarles luces de dinamo. Incluso pusimos un soporte en el coche de mi madre para llevárnosla cuando nos íbamos de viaje.

Cuando conseguí unos buenos ahorros gracias a los trabajos que me iban saliendo mientras estudiaba la carrera, fui a una tienda en la que vendían piezas sueltas y tuneaban bicis al gusto del comprador. El dueño, muy charlatán, tenía una neverita llena de latas de cerveza a las que invitaba, eso sí, solo si veía que el cliente iba a comprar. El día que me decidí, después de muchas visitas, estuvimos un par de horas hasta que elegimos cada detalle.

—Tía, ¿seguro que no te apetece una birra? —Tenía una forma muy chulesca de hablar su castellano natal—. Llevan tres días en la nevera, y eso quiere decir que he vendido poco, ¡pero están muy fresquitas! —aseguraba mientras bebía a grandes sorbos.

Rechacé la oferta, pero me quedé charlando con él.

—No, muchas gracias. La cerveza no me gusta, aunque parezca mentira.

—Entonces, todo listo, ¿no? Te llevas una buena máquina, ¿eh?

—Es la primera vez que me gasto tanto dinero en algo. No tengo coche, ni mucho menos piso, y mi madre es la que ha pagado la lavadora nueva de casa.

—No te arrepentirás. ¿Vives cerca?

—Qué va, por Alfama.

—¡Genial! Esta noche voy con unos amigos a un concierto en la sala Mantea. Te pilla cerca... Vente, tía —me animó cogiéndome por el hombro—. Venga, mañana nos vemos para rematar lo de la bici, pero pásate esta noche.

—¡Hecho! Me apunto, que no tengo plan —dije sin saber si acabaría apareciendo por allí.

Esa tarde refrescaba, empezó a chispear en cuanto abrí la puerta de casa. Lo que menos me apetecía era vestirme para ir a ese concierto con un personaje tan distinto a mí. Además, busqué en internet el nombre de la sala y vi que el grupo que tocaba era una banda de rock. Cuando se acercaba la hora, mi madre llegó empapada por la lluvia, riéndose sola.

—Ay, hija. Vaya tarde tan improvisada, ¡y qué bien me lo he pasado! —exclamó mientras se descalzaba en la entrada y colgaba el abrigo del perchero.

—¿Dónde has ido?

—Después de clase nos dieron unas invitaciones para ir a la inauguración de una exposición de un pintor que es profesor en la universidad. ¡Qué horror de cuadros! Hemos salido a fumar para reírnos.

—¿Y tu alegría es por esos cuadros tan feos? —le pregunté sabiendo que alguna copa se había tomado.

—No, cariño, es porque nos hemos quedado por el buen vino que servían —y se reía más—. ¿Tú qué haces aquí un viernes?

—Mmmm, no sé, hace frío. He medio quedado para ir a un concierto de rock. Es aquí cerca, por el barrio.

—Cata, mi vida, ¡ve! Si no te gusta, te tomas unos buenos vinos. No es tanto a dónde vas, si el concierto es bueno o malo, si llueve o hace frío, sino las ganas de disfrutar.

Le di la razón y me animé. Fui al armario y me puse la camiseta más rockera que tenía y la chupa de cuero. Salí por la puerta mandando un beso a mi madre, que ya andaba medio dormida en el sofá.

Al llegar al local había una cola bastante larga, pero el bicicletero, que estaba de los primeros, me invitó a unirme al grupo. Cuando entramos, fuimos a la barra y me presentó a sus amigos.

—¿Cuántas cervezas? Una, dos, tres... —contaba el chaval para pedirlas de una vez.

—¡No! ¡Ya sabes que prefiero vino! —alzó la voz un chico del grupo.

—Ay, claro, Fabi.

—Que sean dos —me sumé a su petición—. Encantada, soy Catalina, la otra rarita que prefiere el vino.

Me quedé hablando con Fabio en la barra mientras empezaba el concierto y todos se acercaban al escenario.

—No es fácil decir que no te gusta la cerveza, ¿verdad? —me preguntó antes de beber el primer trago de un vino joven con toques afrutados.

—La verdad es que siempre he tenido mucha personalidad para no beber lo que no me apetece o no hacer lo que hacen los demás —contesté con seguridad.

—¡Me gusta! —exclamó—. ¿Sabes? Me pasa algo parecido. Desde muy pequeño no encajaba en los cánones establecidos. Me negué a jugar con cochecitos o a que me apasionara el fútbol. En la adolescencia no me iban las drogas ni tener sexo de una noche, y más adelante tampoco he querido tener pareja por comodidad. —Hablaba como si estuviera cabreado con el mundo—. No voy a conformarme nunca con cualquier cosa que me haga sentir un leve cosquilleo. Yo soy de volar hasta llegar al techo y romperlo.

—*Touché.*

Y brindamos.

Ahí empezó todo: con una declaración que me dejó sin palabras, una noche que no invitaba a salir y un concierto de un estilo al que jamás hubiera ido si no llega a ser por la insistencia de ella, de Mariana. Y ahí estaba mi descubrimiento afortunado. Mientras solo buscaba que me gustara un poco más el rock, encontré a Fabio y, con los años, él me hizo romper el techo y apreciar esa música por cómo lo veía disfrutar.

14

El viaje

El padre de Mariana falleció cuando ella empezó con la enfermedad. Meses después de diagnosticarle el alzhéimer, empeoró tan rápido que, al poco tiempo, ya no recordaba que mi abuelo Pedro no estaba, tal vez porque preferimos olvidar el dolor. Pese a todo, él se ahorró ver el declive de su hija.

Su madre, Mercedes, vivió la enfermedad de Mariana en la distancia. Yo tenía que ir informándola de todo, aunque evitaba algunos detalles para no hacerla sufrir. Cuando falleció, no pude llamarla para comunicárselo. En la residencia me dijeron que mi abuela no estaba pasando por un buen momento, ni físico ni anímico, y que no podría ir al funeral, de manera que era difícil darle esa noticia. Una madre nunca está preparada para aceptar eso. La vida no nos prepara para llorar la muerte de una hija, aunque su relación no fuera muy estrecha.

Después de hablar con Fabio sobre el tema de las fotos y las notas, me aconsejó que llamara a mi abuela para visitar la casa que mantenían en Madrid. Quizá allí hubiera algo que me llevara a esa persona.

De modo que contacté con la residencia, que estaba a las afueras de la capital, para ir a ver a mi abuela y recoger las llaves.

—Fabi, me han dicho que no hay problema. La semana que viene esperan mi visita.

—¡Qué bien! ¿Quieres que te acompañe?

—Creo que prefiero ir sola —respondí con dudas, aunque pensaba que sería lo mejor.

—Cada vez eres más la mujer en la que querías convertirte, ¿sabes?

Me miró como si estuviera muy orgulloso de mí.

—¿Por qué dices eso? —quise saber, extrañada.

—Cuando te conocí, te machacabas demasiado y, de tanto en tanto, te daba miedo no conseguir lo que te propusiste cuando fuiste a aquel retiro de verano para superar la ansiedad.

—Gracias. A veces solo necesitamos que nos digan «Creo en ti». Y tú lo hiciste sin apenas conocerme.

Me recordó la sensación de vacío que sentí tras una

época en la que me hice daño, pero me ayudó a tocar fondo y querer salir a flote, para convertirme en quien era en ese momento.

Después de pasar unos meses sola en la costa del sur de Portugal, me di cuenta de que había cosas de mí que nunca aceptaría. No me arrepentía de ellas, pero no quería repetirlas. En vez de justificarme, lo mejor era cambiar o volver a la esencia. Y no se trataba de hablar de cosas trascendentales ni de cambios drásticos, sino de no tener la necesidad de poner la radio para dormir y llamar más a los amigos. Era un buen comienzo.

«La gente no cambia», dicen los que disparan primero, los que rompen el silencio a gritos, los que nunca miran hacia dentro y los que se guardan la piedra en la mano para no ser los primeros en tirarla. Damos otra oportunidad a un trabajo que no nos hace felices, al amigo que no estuvo cuando lo necesitábamos o a un amor infiel. Nos dicen que volvamos a escuchar una canción porque, de primeras, no nos gusta, y que sigamos viendo una serie porque se pone interesante a medida que pasan los capítulos. Damos segundas oportunidades a todo, menos a nosotros mismos.

Ahí me di cuenta de que quería darme tiempo, olvidar los fracasos y las decepciones que me produjeron parejas y algún que otro amigo. Sin reproches, con ayuda y fuerza de voluntad.

Al llegar a aquel retiro, me miré al espejo y sonreí al reconocerme en la imagen que veía delante de mí. «No te quieras menos porque otros no lo hagan». Eso fue lo que me hizo aprender que el amor propio no es ego, es supervivencia. Porque darme permiso para cuidarme de ese modo se convirtió en una de las decisiones más trascendentales de mi vida.

Antes no hubiera sido capaz de afrontar algo tan difícil como coger el coche y plantarme sola en Madrid. En ese instante, lo vi como una oportunidad para seguir creciendo.

A punto de arrancar, me temblaron las piernas. Llevaba algo para comer, una botella de agua muy fría y cigarrillos, por si la inquietud me superaba. Teníamos un turismo muy antiguo, pero nos negábamos a gastarnos dinero en uno nuevo si ese nos seguía llevando a todas partes. La tapicería estaba rota, el volante llevaba una de esas fundas de gomaespuma porque había perdido la piel y lo peor era que no funcionaban los altavoces. Si queríamos escuchar música, conectábamos un altavoz portátil al móvil.

A medida que recorría kilómetros me iba relajando.

Lo que en mi cabeza se había dibujado como pasar unas horas de angustia resultó ser un viaje bastante agradable. Me dio tiempo a plantearme cómo gestionar las posibles opciones que había tras las pistas que había ido encontrando. Quizá Mariana, durante sus primeros años en Lisboa, visitaba Madrid para ver a la familia o a los compañeros, tuvo un romance con alguno de sus amigos y, cuando volvió, se enteró de que estaba embarazada y no dijo nada. De nuevo, la idea de encontrar a mi padre comenzó a angustiarme. Más aún: me agobiaba pensar que ese hombre tuviera otros hijos que fueran mis hermanos.

Cuando eres hija única, cuentas con el amor directo e indivisible de tus padres, pero te falta un compinche, una pelea por el trozo más grande, un «A ti mamá te quiere más» y un compañero que cuida de ti cuando te haces mayor. Al no contar con ese aliado, te crías con conversaciones mucho más maduras que las que mantendrías con un hermano. Pasas la mayoría del tiempo con adultos que, durante la cena, hablan de política o del estrés del trabajo. Y aunque estés con un libro en la mesa, empiezas a tomar conciencia de unos temas que no te toca comprender. En mi caso, estaba todo dividido por la mitad, si me comparaba con los niños de mi edad. Solo una figura materna y sin hermanos. Por eso, con la pérdida de mi madre, sentía que necesitaba formar parte de algo, y la historia que estaba encontrando me daba esperanzas. Quizá conociera a otro hijo de mi padre... Me imaginaba a un chico unos cuatro o cinco años menor que yo, con algún rasgo compartido y que, por ejemplo, fuera actor de teatro. Cuando fantaseas con algo que te gustaría, no piensas que tu hermano, al que no conoces, sea un estirado que defiende un sistema liberal económico, algo homófobo y que veranea en el piso de sus suegros en Benidorm. La fantasía siempre se inclina a lo que nos gustaría que fuera. Y en ese momento tenía dos opciones: quedarme en casa e imaginar que mi madre solo tuvo un romance de verano y que su amor no fue relevante, porque por algo no había más cartas o fotos, o tomar las riendas para saber la verdad, cuál fue la historia que nunca supe y quién se le declaraba al final de una carta como «Tu AMOR».

Al cruzar la frontera de España, me detuve en una de las primeras estaciones de servicio para estirar las piernas antes de seguir directa a Madrid. En la cafetería había mucho alboroto: una familia con cuatro niños intentando calmar los gritos de los pequeños, que tenían hambre; una excursión de jubilados, y grupos de adolescentes y camioneros en la barra mirando las noticias en el televisor. Me acerqué al camarero, un chico muy joven que llevaba en el cuello el tatuaje de unos labios rojos dando un beso.

—Un café con leche, por favor —pedí desde lejos, alzando un poco la voz.

—¡Ahora mismo, señorita! Acérquese por aquí, que hay hueco.

Gracias a sus indicaciones, pude sentarme en un taburete y tomarme el café más tranquila.

—¿Leche fría? —me preguntó mientras zarandeaba la taza metálica donde la hervía.

—Templada.

—Pues tendrá que esperar un momento, que se nos ha estropeado el hervidor.

—De acuerdo. Tengo prisa, pero no urgencia —contesté mientras cogía el teléfono para decirle a Fabio que estaba a mitad de camino.

—¿Viene sola? No tiene pinta de trasladar mercancías por el país.

—Puedes tutearme, que no soy tan mayor. Y sí, vengo sola.

—Después de dos años trabajando aquí, sé que los viajes en solitario pueden ser por dos cosas: amor o trabajo.

Me miró esperando una respuesta.

—Pues tienes razón: viajo por amor, pero distinto al que piensas. Esperar, no me espera nadie.

—Siempre hay algo esperando.

Me sorprendió que un chico tan joven y con una estética tan ruda se interesara tanto por sus clientes.

— 96 —

—¿Qué llevas tatuado en el cuello? ¿Unos labios?

El chaval seguía sirviendo raciones y limpiando la barra de las migas de pan que dejaban los camioneros.

—¡Los labios de mi madre! —exclamó señalándose el tatu con el dedo—. Dame unos minutos, que ya está arreglado lo de la leche.

—¿Los labios de tu madre? Qué original.

En ese momento recordé los de Mariana. Tan finos y con un lunar cerca de la barbilla.

—Sí. ¡Una madre vale millones! ¿Azúcar? ¿Sacarina?

—Azúcar, gracias.

Tras servirme el café, dejé en la barra dos euros y me quedé allí sentada pensando en el carmín rosado que utilizaba mi madre.

—Portuguesa, ¿tienes un cigarro?

Aunque hablara un español perfecto, siempre tuve un acento que hacía que se notara mi residencia en el país luso.

—Sí, claro.

—Pues salgo contigo cinco minutos.

Llevaba el uniforme que visten todos los camareros: camisa blanca y pantalón negro de pinzas. Estuvimos charlando de cómo era trabajar en un lugar donde la gente estaba de paso.

—Aunque ser camarero en un área de servicio parezca un trabajo de mierda, tiene su parte buena —me comentó al tiempo que echaba el humo del cigarro.

—Supongo, como todo.

—Sí, señorita, tengo que ayudar en casa. Mis padres son gente muy humilde, y aquí se cobra nocturnidad. Los turnos pueden ser largos, y la mitad del sueldo es en negro, pero le encuentras un sentido.

—¿Un sentido? —pregunté confusa.

—Bueno, no voy a rayarte con mis cosas. —Se notaba que le gustaba hablar, y no tenía apuro en contar un tema personal, y mucho menos a una desconocida—. No soy camarero de una venta de carretera, lo hago porque tengo que ayudar en casa. Pero darle sentido me ofrece una motivación.

Mientras hablaba, pensé que me estaba dando una lección de vida de la hostia. Un chaval de veintipocos años intentaba explicarme, con su lenguaje cotidiano, que no siempre uno puede ser quien quiere, pero sí llevarse lo que es a lo que hace. Y me recordó que Mariana fue una mujer que quizá no vivió la vida que quería, por su huida repentina de Madrid o su renuncia al amor de pareja, pero siempre llevó la pasión a todo lo que hizo.

—Si tengo que trabajar aquí, al menos conozco las historias de la peña para aprender de lo que vive otra gente. No puedo salir de este pueblucho de Badajoz... Me gustaba la filosofía, joder, pero ¿cómo iba a estudiar una carrera?

—No te quiero entretener, pero...

— 98 —

—No pasa nada, es mi hora de comer —añadió.

—Pero... —seguí con mi duda—, de todas las personas que había en el bar, ¿decidiste que querías saber a dónde iba yo? ¿Mi historia?

—Bueno, en un lugar como este en el que suelen parar camioneros o familias que van al pueblo, una tía sola, joven y que te suelta: «Tengo prisa, pero no urgencia», despierta algo de interés, ¿no?

Levantó los hombros, dándome a entender que era la diana de todo el que apuntaba a saber algo interesante. Después de contarle que iba a ver a mi abuela porque mi madre había fallecido y quería recoger recuerdos de la casa donde vivió en su infancia, para saber más de algo que había descubierto sobre ella y que no me había contado, dijo:

—Aunque te parezca un niñato, llevo mucha vida. Y me tatué el beso de mi madre porque, cuando era pequeño, se tuvo que ir varios años a Plasencia a cuidar de un matrimonio mayor para mandar dinero a casa. Cada quince días, pasaba un fin de semana conmigo, y el último beso lo dejaba marcado en la ventana del salón con el pintalabios —me contó mientras cogía otro cigarro de la cajetilla que estaba apoyada en el quicio de la fachada del bar—. ¿Por qué quieres saber más de ella? No sé, siempre me quedaría con lo que mi madre quiso enseñarme y, por supuesto, con ese beso pintado. Pero

— 99 —

bueno, hay que tener huevos para conocer las sombras de una madre. La mía es una santa, con eso me quiero quedar.

En ese instante comprendí que la búsqueda iba más allá de saber algo íntimo o personal de Mariana. Era la necesidad de conocer mi historia, obtener respuestas a preguntas que me había planteado toda la vida.

—Es que hay mucho detrás que no me da tiempo a contarte en este rato libre que tienes —contesté.

—Bueno, suerte. Y espero que te sientas segura y preparada para encontrar lo que buscas. Eres muy valiente. Por cierto, ¿cómo te llamas?

—Catalina.

—Pues eres muy valiente, Catalina. Yo soy Miguel, encantado.

Nos estrechamos la mano como si esa media hora hubiera sido una sesión con el psicólogo.

—Un placer, gracias por la charla.

—Buen viaje.

Cuando volví al coche y retomé mi camino, me di cuenta de que me había llevado su mechero dentro del paquete de tabaco, un Clipper de color rosa que no le pegaba. Pero tampoco me esperaba que me llamase «valiente».

15

La casa vacía

La residencia estaba a las afueras de Madrid. Era un lugar muy acogedor que conocí años atrás, durante una visita relámpago. Para pagarla, mi abuela utilizaba su pensión de viudedad. A pesar de tener todas las necesidades cubiertas, estaba ya en un estado al que no se le podía llamar vida.

En cuanto llegué, detuve el coche en el aparcamiento reservado para los familiares. En la recepción había dos chicas muy amables que me preguntaron qué deseaba. Les respondí que había ido a buscar las llaves de la casa de Mercedes Rubial. Tras la muerte de mi madre, me quedé como cotitular de los documentos y los enseres de mi abuela, así que les mostré el DNI y, sin ponerme inconveniente alguno, fueron a una sala que había detrás del mostrador, cogieron las llaves y les pedí la dirección del domicilio. Me preguntaron si pensaba visitar a mi abuela… Debía comunicarle que su hija había fallecido. Desde la vidriera que daba al jardín, la vi de lejos sentada en una silla de ruedas, hablando con sus compañeras.

Cuando asentí, avisaron a un enfermero para que me llevase con Mercedes. Él me pidió que lo siguiera, pero por un momento no me vi capaz de enfrentarme a eso. Era la hora de la merienda, había mucho trasiego por los pasillos. Sentí presión en el pecho y empezaron a sudarme las manos. Necesitaba tomar el aire y salir de allí, aunque quisiera acercarme a ver a mi abuela.

—¿Te encuentras bien? —me preguntó el enfermero—. Estás un poco pálida.

—Me he mareado, prefiero irme. Ya vendré en otro momento a visitarla.

Debía ir a la casa de mi abuela. Volví al coche para relajarme y puse la dirección en el navegador del móvil.

Las distancias en Madrid siempre me han parecido que era como vivir en varias ciudades. Pero ya estaba allí. No importaba otra hora más en el coche; recorrer esas calles me hacía imaginar el largo camino que tenía que recorrer mi madre de niña hasta el colegio o durante su juventud loca en la facultad. Ella me decía que lo mejor de la capital era que, aunque no tuviera mar, había una luz que parecía reflejar el agua. Hablaba tanto de su ciudad que nunca llegué a entender por qué se fue. Por todo lo que me contó, me prometí que, durante ese par de días, pasearía por Malasaña una noche y me tumbaría en el césped del Retiro.

El piso estaba en una avenida muy grande con muchos árboles y varias paradas de autobús. La fachada era de ladrillo marrón. Los balcones tenían barrotes de hierro blanco, y de algunos colgaba la bandera de España. Era un barrio de clase media alta lleno de jubilados. Los jóvenes se habían mudado a otras zonas, y solo quedaban personas mayores de sesenta años. Cerca del portal se erigía una mercería de toda la vida que había soportado crisis, bazares e incluso a Amazon; una panadería pequeña y un supermercado de una cadena para abastecer a los vecinos.

El olor de la entrada del edificio era añejo. Tenía ese peculiar aroma a lejía barata mezclada con perfume de señora mayor. Había dos ascensores porque era una de esas fincas altas con cinco o seis viviendas por piso. En la cuarta planta, al final del pasillo, encontré la letra D. Abrí las dos cerraduras de seguridad. Junto a la puerta estaba el cuadro eléctrico, así que subí los plomos para encender la luz.

El silencio de una casa puede causar dos sensaciones muy distintas. Por un lado, la de después de un ajetreado día de trabajo, del ruido del bar al que vas con los compañeros al salir y del atasco que has sufrido antes de llegar a tu hogar. Es como abrir una ventana al mar, sana. Pero si el ruido y el ajetreo resuenan entre esas cuatro paredes y al entrar no se oye nada, ese silencio está lleno de tristeza, y sería como abrir una ventana a la nostalgia, a una melancolía que invade lo que ya no puede oírse.

Cuando encendí la luz del salón, las persianas estaban bajadas. Unas sábanas cubrían la mesa del comedor y un aparador, en el que había una colección de fotos en marcos de plata de distintos tamaños, para que no se llenaran de polvo. La casa llevaba algo más de un año cerrada, desde que falleció mi abuelo y aún no sabían si ponerla en alquiler. Era grande, con decoración clásica pero de buen gusto. El sofá era de terciopelo beis y madera oscura, había dos sillones a los lados con la misma tapicería y una mesa baja de cristal que coleccionaba algunas revistas de crucigramas. Cuando estaba revisando si había resuelto los pasatiempos, me llamó Fabio.

—Cariño, ¿has llegado? —me preguntó preocupado.

—Sí, perdona. Pasé por la residencia. Todo fue muy rápido, acabo de entrar en el piso.

—¿Cómo estás?

—Bueno, es extraño, ¿no? Estoy en la casa en la que

se crio mi madre buscando algo que no sé qué es —dije dando vueltas por el salón mientras observaba las fotos que adornaban el aparador.

—Ya, es un poco raro, sí —respondió, y se echó a reír.

—A ver, ¿es una locura? ¿Qué opinas? —le pregunté riéndome.

—No, Cata. Te quiero, eso es lo que opino. Estoy contigo en todo lo que te propongas. Si esta historia es importante para ti, te ayudaré en todo lo que pueda. Así que ponte a buscar y trae a casa una carpeta llena de cosas para que podamos ponernos manos a la obra.

—Gracias, amor. En un par de días como mucho estaré entrando por la puerta con una botella de vino español.

Su llamada me hizo recordar a qué había ido, así que me dirigí al cuarto de mi madre. Era una de esas casas en las que los dormitorios de los hijos se mantenían prácticamente igual que cuando vivían allí. Apoyada en el quicio de la puerta, tomé aire y no pude evitar decir en voz alta:

—Venga, Mariana, cuéntame más de ti.

Empecé abriendo los armarios. Había ropa ochentera que podría venderse en tiendas *vintage*. Cuando terminé de revisar las perchas, vi los cajones de la parte de abajo; se suelen guardar objetos personales entre la ropa interior. Parece que lo más íntimo busca dónde sentirse en casa. Al abrirlos, me reafirmé en mis suposiciones. Encontré una bolsita de tela, de las típicas de joyería, con

— 105 —

un reloj muy fino en su interior. Lo puse encima de la cama para ir dejándolo todo allí. Entre los calcetines antiguos y la ropa interior algo desgastada, había una cajita roja con bisutería; nada de calidad, por lo poco que entendía sobre el tema. Después de rebuscar en los cajones, me quedé mirando la pared. Había un póster del disco *Even in the Quietest Moments* de Supertramp, el grupo que tanto le gustaba. Me dirigí a su escritorio. Encima de la mesa colgaba el típico corcho para poner papeles o fotos con chinchetas. Tenía un montón: documentos de la universidad, fotografías y algunas notas con frases: «Qué alegría haber coincidido en clase. Ha sido un regalo tenerte como compañera. Espero que te gusten los bombones», «¡Felicidades! Tu equipo te desea lo mejor. Club San Blas de Natación». Aquellos mensajes no me llamaron la atención: eran de compañeros o amigos. Pero en uno ponía: «No siempre gana el AMOR, lo siento». No iba firmado, pero estaba escrito a mano. Intenté recordar la caligrafía de la dedicatoria del libro de Saramago, pero no podía jurar que fuera la misma letra. Le hice una foto y se la mandé a Fabio, para que la comparase y me mandara otra de la dedicatoria. A los pocos minutos recibí un mensaje y, letra por letra, estuve revisando la caligrafía. Era muy parecida, pero no concluí que perteneciera a la misma persona. Lo llamé para pedirle su opinión.

—¿Tú qué crees? —le planteé, deseando escuchar una respuesta clara y concisa—. No sé si en aquella época todos escribían medio igual o es la misma persona…

—Estoy mirando los detalles —dijo muy lento, mientras me lo imaginaba con una lupa observando minuciosamente el escrito—. Creo que es la misma persona, y no por la caligrafía. ¿Sabes qué me dice que es el mismo tío?

—Venga, suéltalo. Estoy un poco atacada.

A Fabio le gustaba sumar segundos de silencio y tensión a las noticias.

—Creo que es la misma persona porque pone «amor» en mayúsculas. En la carta escrita a máquina se despide como «Tu AMOR». Así que, aunque no tengamos el nombre, sabemos que le regaló un libro, le escribió una carta apasionada cuando tu madre ya estaba en Lisboa, le compró flores en algún momento y le escribió una tarjeta de su puño y letra, y, por último, le mandó una nota de disculpa por no ser suficiente. O más bien porque el amor no lo era.

—Joder, ¡qué fuerte! A ver… si la nota que hay aquí es de cuando mi madre vivía en Madrid, estamos hablando de los ochenta, incluso de los setenta. La carta mecanografiada es de cuando ya vivía en Lisboa. Hostia, Fabio. Esto no es un amor de verano o un rollo de unos meses. En esta historia pasaron años y muchas cosas que no logro entender.

De nuevo me sobrevino una mezcla de sentimientos y dudas. Tuve miedo al darme cuenta de que, en realidad, no conocía la historia de Mariana, y de que estaba ante una verdad más grande que la que había imaginado en un primer momento.

Fabio intentó tranquilizarme. Me dijo que cogiera todo lo que había en el corcho y lo metiera en una carpeta para llevármelo a Portugal. Él me ayudaría a aclararlo todo, a organizar lo que fuéramos encontrando, a buscar contactos de mi madre que pudieran dar luz a esa vida que durante tanto tiempo me había ocultado. Fabio sabía que necesitaba conocer la verdad, que no dejaría de indagar hasta que encontrara todas las respuestas. Él estaría a mi lado, me aseguraba al otro lado del teléfono. Y yo me sentía muy sola en aquel salón vacío de Madrid. Quería volver a casa, a Lisboa. Pensé que el viaje había sido un error. Al rato empezó a tronar y, en vez de refugiarme en aquel piso en el que me sentía tan fuera de lugar, decidí salir a la calle, calmar mi desazón e intentar que no me invadiera la sensación de haber sido engañada toda mi vida. Busqué un paraguas y me fui a pasear por el barrio por el que tantas veces lo habría hecho mi madre. La tormenta apretaba, así que aceleré el paso mientras consultaba en el móvil las indicaciones para ir al Retiro.

Uno no solo pertenece al lugar al que llega, sino también al camino que escoge para ir acercándose a él.

Aquella tarde —que me planteaba una duda entre años de franqueza, que eximía el secreto del delito y las historias que podían estar en boca de todos—, mientras las nubes se revelaban contra el sol y mi calma sufría un abandono, de camino al parque mi espalda quiso olvidar cómo había llegado hasta allí —frustrada, maldiciendo y confusa—, para recrear el modo, seguramente mágico, en que Mariana ponía nombre a los pájaros.

Yo no era así, esa no era mi forma de actuar cuando algo no me encajaba, y mucho menos de sacar la furia por algo relacionado con mi madre. Me había quedado sola, pero no libre, porque me debatía entre la nostalgia y la incertidumbre, como si una cuerda me atara al pasado. Pero ni siquiera al mío. Yo estaba viva, ella no. Eso era importante, aunque no bastaba para seguir. Porque la muerte no solo es el fin de la vida, el cese y el apagón, también es el proceso y el encargo. Nadie muere sin dejar algo que hacer a los demás. El que menos, necesita a alguien que firme que ha fallecido, y hasta el más solitario, que lo metan en un nicho o bajo tierra. A mí me había tocado resolver algo que no tendría que saber. Pero no podía irritarme por haber husmeado donde no debía. Al fallecer, ¿seguía siendo privado lo que se guardaba en vida? Estaba claro que sí.

En el parque había charcos, empezaba a refrescar. Me apetecía tomarme un vino en algún bar emblemático de la ciudad y cobijarme del frío. Al salir del Retiro, había

— 109 —

una cola de taxis en la cuesta de Moyano. Pedí uno, y un Renault se acercó para que pudiera subirme.

—¿A dónde vamos? —me preguntó el conductor, y activó el taxímetro.

—Quiero ir a tomarme un vino por la zona de Malasaña. No sé si conocerá algún restaurante de los de toda la vida que tenga un ambiente tranquilo…

—En ese barrio encontrará muchos locales, pero pocos tranquilos, creo yo.

—Bueno, vamos hacia allá. Ya buscaré alguno cuando lleguemos —contesté.

La lluvia había dado un poco de tregua y Madrid se había quedado muy bella. El barrio donde me encontraba estaba de lo más animado para ser un miércoles a las diez y media de la noche. Entre los garitos más decadentes y los locales más esnobs, encontré un restaurante silencioso con luz tenue. Una chica muy elegante me recibió en la puerta y me preguntó para cuántos comensales sería la cena. Al decirle que no esperaba a nadie más, me ubicó en una de las mejores mesas del salón, que, por supuesto, solo podía ser para uno. En ese momento, la recompensa de la soledad fue una mesita que estaba delante del ventanal que daba a la calle, desde donde podría seguir disfrutando de las vistas del barrio.

Mientras me acompañaba a mi sitio, me comentó algunos de los vinos de la carta:

— 110 —

—Tenemos un chardonnay exquisito; sauvignon; el gran vino italiano, *chianti*; también graciano; y, para mi gusto, un crianza de veinticuatro meses, doce en barrica y doce en botella, que te recomiendo encarecidamente —dijo recitando de memoria.

—Me gusta el vino, pero entiendo poco. Por lo que veo, sabes recomendar... ¿Cuál te tomarías tú?

—Si te digo la verdad, no sé distinguir uno de veinte euros de otro de ciento y pico... —Se llevó el dedo a los labios, como si fuera un secreto—. Pero si me preguntas cuál me tomaría, elegiría el *chianti*, por el morbo de la película *El silencio de los corderos*.

—¿Cómo? ¿Morbo? —respondí algo inquieta al oír que mencionaba un filme tan aterrador.

—¡No te asustes! En una escena, el protagonista dice que se ha comido el hígado de un tipo acompañado de una copa de *chianti*.

—Pues venga, ponme una copa de Caníbal.

Volvió con la botella y una copa de cristal fino que colocó en la mesa, y me puso un poco para que lo probase. Al llevármelo a la boca, me provocó un sabor intenso, con notas afrutadas a cereza y mora. Le dije que adelante y me llenó la copa.

—¿Vas a cenar? —me preguntó con la carta en la mano, esperando mi respuesta para dármela.

—Sí, pero es algo tarde. ¿Sigue la cocina abierta?

—Por supuesto, hasta las doce menos cuarto.

—Genial —contesté mientras ojeaba algunas de las recomendaciones del día, escritas a mano en un papelito adjuntado a la carta—. Por cierto, ¿El Penta sigue abierto? Está por la zona, ¿no?

—Claro. No eres de aquí, ¿verdad? Ya te notaba algo raro en el acento...

—No soy española. Me gustaría pasarme después por el local... —comenté mientras seguía decidiendo qué pedir.

—Mis amigos me recogerán a las doce y media, e iremos a tomar una copa. Puedo proponerles ir allí. ¿Quieres venirte? —me preguntó con amabilidad.

—¿De verdad? ¡Qué maravilla encontrarte! Creo que viviré la experiencia de otra manera si no voy sola —respondí.

¡Fue una suerte dar con esa chica tan simpática! No iba a dejar pasar la oportunidad de pasarlo bien en el bar que tanto frecuentaba mi madre.

—¡Planazo! Vente con nosotros.

—De acuerdo. Ponme el revuelto de setas con gambones y un poco de pan.

—Genial, marchando.

Cuando terminé de cenar, me acerqué a pagar en la barra y salí a la puerta para fumarme un cigarrillo y esperar a la camarera. Llevaba el pelo recogido, tenía los

— 112 —

ojos muy grandes y un llamativo anillo de una serpiente se le enroscaba en el dedo. Su voz era peculiar, algo infantil, aguda e inocente.

Al cabo de media hora apareció con el pelo suelto y sin el uniforme. Me sorprendió su estilo macarra: chupa de cuero, pantalones cortos con medias negras de rejilla y botas altas de color negro. Se presentó con un «Bueno, soy Aless, encantada». Después de darnos dos besos y decirle mi nombre, llamó a sus amigos y nos dirigimos al famoso Penta. A esas horas era fácil entrar, según me dijo, pero a partir de las dos de la madrugada se formaba una cola tremenda.

Esa manera de entregarme a un plan improvisado era uno de los grandes aprendizajes que me había legado mi madre. Aunque ella ya no estaba, quería mantener eso. Había tardado muchos años en dejarme contagiar por su carácter apasionado e impetuoso.

Yo era de las que cambian de opinión cada dos por tres por miedo a dejarse llevar. «No le des tantas vueltas a todo, Catalina», me repetía Mariana. Ante esos pensamientos, llené de indecisiones mi voluntad. «Mejor no te compres estas botas, quizá mañana no te gusten», «No cojas el billete a Menorca con tanta antelación; igual en quince días prefieres ir a la montaña» o, a menudo, «Vete

— 113 —

a casa, no te pierdes nada en este bar». Así coleccionaba infinidad de situaciones que nunca llegaron a darse porque jamás tuve la firmeza de decidir con convicción.

Pasados los años empecé a evaluarme y a analizar mi comportamiento. Muchas veces pensaba en la teoría de Schrödinger: «Si metes en una caja a un gato con un recipiente de veneno y la cierras, mientras no la abras, coexistirán dos realidades». En mi caso, sería de las que no abrirían nunca la caja, porque no estaba segura de nada. Así perdía trenes, ofertas, viajes y oportunidades, bloqueada delante de una caja que podía esconder algo inesperado y maravilloso a la vez. Quería desprenderme de ese miedo constante a mover un hilo por si me encontraba con una marioneta rota. De modo que decidí ir al Penta y abrir la caja.

El pub hacía esquina. Al entrar, me recibió un bofetón de aire cargado con una mezcla de tabaco y alcohol. Las paredes eran rojas; la barra, muy larga, de color azul; una frase de Antonio Vega adornaba el interior. La música era ochentera pero muy divertida. Fuimos a pedir unos gin-tonics. La música estaba tan alta que Aless se me acercó para que pudiera oírla.

—¿Era como te lo habías imaginado? —me preguntó.

—La verdad es que sí. Mi madre me lo describió tantas veces que no es tanto la estética del bar, sino la sensación que me produce —comenté mientras miraba a mi alrededor.

—¿Chupito?

En Madrid podías salir de marcha cualquier día de la semana. También lo sabía por las historias que me contaba mi madre. En cuanto Aless me ofreció el primer chupito, supe que la noche se iba a alargar. Estuvimos bailando, riendo e incluso me besó en el baño para pasarme un poco de eme que llevaba en la lengua. Era la primera vez que una mujer me besaba más allá de un pico entre amigas. Empecé a bailar con los ojos cerrados, moviendo la cabeza al ritmo de la música, mientras intentaba dejar la mente en blanco. Oía risas y conversaciones a lo lejos porque solo quería seguir el ritmo. Mariana también habría bailado de esa manera tan fogosa e impulsiva. En la noche madrileña de esos años, seguro que sentía un estallido en su interior. La imaginaba con ropa *vintage*, buscando a Helen con la mirada para cotillear sobre algún chico que veían en la sala, bebiendo en vasos de tubo un gin-tonic tras otro y disfrutando de la oscuridad, donde todos los gatos son pardos y las caricias se disimulan.

La culpa no existía. Intenté vivir una noche de las de los ochenta. En ese momento la droga era otra y las copas valían el doble, pero la moda había vuelto con looks parecidos y el suelo que pisaba era el mismo que antaño.

A las tres y media encendieron las luces para avisar de que cerraban. Los amigos de Aless decidieron retirarse, pero ella me miró diciéndome con los ojos que no quería que acabase la noche, así que les pidió a sus colegas que la esperaran en la esquina.

—Ha sido una noche increíble, Aless. Gracias por invitarme y hacerme disfrutar tanto —dije antes de que ella me propusiera irnos juntas a otro sitio.

—Supongo que a veces no hay que abrir la caja entera. Es suficiente con mirar por un agujerito —repuso haciendo referencia a la teoría que compartí con ella sobre el gato y el veneno, y se echó a reír—. Qué alegría habernos conocido. ¿Sabes qué? Hoy era mi último día de trabajo y estaba hecha una mierda porque me quedo en paro. Por eso mis amigos han venido a por mí. No solemos salir un miércoles... —Y volvió a reírse.

—¿En serio?

—Sí. Me has hecho olvidarlo durante un rato. Eres una tía de puta madre. No sé por qué has venido a Madrid, ni tampoco qué haces aquí sola. Hace mucho tiempo que prefiero no saber el motivo de que la gente venga y vaya. Prefiero quedarme con que están —dijo mientras me cogía la mano—. Vuelve a casa y acuérdate de que una tía en Madrid te hizo volver a los ochenta.

Nos dimos un beso de los que nada tienen que ver con la atracción, el sexo o el amor. Solo con reconocerse, como cómplices que se dicen sin palabras: «Esta noche me has salvado». Siempre supe que mi cuerpo sería mío, que mis manos tocarían más cuerpos, que mis labios besarían otros labios y que mis ojos se encontrarían en más miradas, pero mi corazón pertenecía a Fabio.

Al despedirnos, pasaron varios taxis y cogí uno para volver a casa. Tenía ganas de descansar y recoger todo lo que había encontrado para volver cuanto antes a Lisboa.

Me quedé dormida en el cuarto de mi abuela. La cama era más grande y tenía unos enormes almohadones que acogían el sueño. Quería abrazar a Fabio, como esas noches en que sales de fiesta y, al llegar a casa, encuentras a tu novio acostado, calentito, para acurrucarte en él. La colcha era pesada, con unas rosas rojas bordadas. La retiré a los pies de la cama y me arropé con las sábanas finas.

A la mañana siguiente me desperté un poco tarde. Seguía con ganas de abrazar a Fabi y volver a Lisboa. Había sido un viaje relámpago cargado de nuevas sensaciones. Terminé de meter en una bolsa grande todo lo que había en el dormitorio de Mariana: papeles, dibujos y fotos, incluso la de la graduación. En cuanto acabé, bajé a desayunar a un bar. La ayuda de Fabio en mi búsqueda sería muy necesaria, y no solo por su empatía emocional, sino por lo rápido que descubría pistas y relacionaba ideas; a mí me costaba el doble. Es una persona avispada, de esas que saben cómo acabará una peli a la media hora de empezar. Por eso deseaba dejar todas esas cosas en la mesa de nuestra casa y empezar a ver, juntos, a dónde nos llevaba ese asunto.

Volví a cubrir el aparador y la mesa del salón con las sábanas, tal como estaban cuando llegué, para que no se llenase todo de polvo, bajé los plomos y cerré la puerta con llave. En la residencia me dijeron que no era necesario que pasara a devolvérselas porque tenían tres copias, así que me las quedé.

El bar más cercano estaba a escasos veinte metros. Solo tenía dos mesas metálicas en la puerta, y la barra del interior era muy pequeña. Lo regentaba un cincuentón con cara de pocos amigos, pero había unas porras con muy buena pinta. Me atreví a entrar deseándole los buenos días, a lo que él me contestó, muy serio: «Será buenas tardes». Después de la suerte que había tenido el día anterior con Aless, pensé que era cuestión de equilibrar el karma. Aun así, me sirvió un café y una de esas porras por las que había entrado. El desayuno en Portugal era muy diferente. Más que por los almuerzos y las cenas, la identidad de un país se muestra en el desayuno. Además,

— 118 —

se suele decir que es la comida más importante del día, quizá no tanto por cuestión nutricional sino por el lugar en sí. El desayuno te hace saber dónde estás cuando comienza el día.

Mientras me tomaba el café, recordé desayunos en Colombia, con zumos de fruta natural, arepas y choclos. O en Dinamarca, demasiado pan de centeno y muesli con miel. Aunque mi país está tan cerca, España y Portugal se diferencian, y mucho, por el desayuno. Aquella porra aceitosa estaba exquisita, pero nada como una tostada de pan portugués con *manteiga*. Me bebí el último sorbo del café y pedí la cuenta. Saqué del bolsillo unas monedas y las dejé encima del plato que me acercó el camarero con el tíquet.

Al levantarme del taburete, recibí una llamada de Fabio.

—Buenos días, *mozinha* —me saludó con ese acento dulce que lo caracterizaba—. Alguien se acostó ayer un poco tarde, ¿no? He visto que tu última conexión ha sido a las cinco de la mañana.

—Buenos días, cariño. Sí, tuve una auténtica experiencia de noche ochentera.

—¡Eso suena muy bien! ¿Dónde fuiste?

—¡Al Penta! Es el bar del que siempre hablaba mi madre. Estaba tal y como ella lo describía. Muy oscuro, con un olor peculiar, gente de todo tipo y vasos de tubo.

—¿Fuiste sola? Con lo que te cuestan esos planes…
—me preguntó extrañado.

—No, tuve la suerte de conocer a una chica, Aless, la camarera del restaurante en el que cené. Me vio sola y nos pusimos a hablar. Como había quedado con sus amigos para salir de fiesta, me sumé.

—Ya tienes hasta pandilla madrileña —dijo entre risas.

—¡Me lo pasé genial! Ojalá me hubieras visto por un agujerito. O no… —añadí para hacerle rabiar.

—Si pretendes que me ponga celoso, no lo estás consiguiendo. Ya sabes que lo que más deseo en este mundo es verte feliz. Y que me elijas entre toda esa felicidad.

Le encantaba verme feliz. Para mí, esa era una de las cualidades indiscutibles que debía tener una pareja. Aunque no era tan común ni tan fácil de encontrar, sobre todo cuando esa alegría o diversión no era compartida. Pero mi diversión particular —salir una noche por Madrid y volver a las tantas sin avisar— le hacía feliz si yo había disfrutado.

Cuando empezamos a salir, las primeras veces que iba sola de fiesta y se me hacía tarde, me excusaba: «Perdona, es que me liaron mis amigos», «Se me olvidó escribirte porque me quedé dormida al segundo», «Perdí el último metro y tuve que quedarme a dormir en casa de...».

Después de unos meses, me dijo: «Catalina, que nuestro amor nunca impida que disfrutes de la vida. Cada vez que sales, parece que tengas que buscar una excusa más allá de pasarlo bien. Cariño, dime algún día que vas a salir con tus amigos porque te apetece beberte tres copas y dejar el móvil en casa. Dímelo, y no te agobies pensando que es demasiado tarde para estar por la calle, que tienes que escribirme para contarme con quién estás o que al día siguiente querré saber todo lo que hiciste. No necesito que me eches de menos a cada rato ni que prefieras estar a mi lado cada día. Pero siempre querré que regreses, ya sea de una noche de fiesta, de un fin de semana con amigos, de un viaje largo o de comprar el pan. Seremos felices, no es tan difícil. Al amor hay que enseñarle a volver, no condenarlo a vivir mirando a la pared».

16

La causa perdida

La vuelta a Lisboa fue rápida, sin tráfico. Solo hice una parada para echar gasolina y comprar la botella de vino español que le prometí a Fabio. Con tantos altibajos de emociones, se me olvidó cogerlo en Madrid, pero en la gasolinera había alguna, aunque a un precio desorbitado. El clima acompañó para ir a la velocidad recomendada, sin estar pendiente de los charcos y la lluvia que había días atrás debido a las tormentas.

Necesitaba tiempo para mí, pero el trabajo, al que debía volver al día siguiente, me impediría centrarme en todo lo que quería hacer. Así que, mientras conducía de vuelta a casa, decidí que les preguntaría si podía cogerme las vacaciones. En la empresa, varios hacíamos prácticamente el mismo trabajo, pero nos encargábamos de presupuestar zonas distintas. Había buen ambiente, de modo que tomármelas en mayo quizá fuera una buena noticia para Recursos Humanos. Cuando pasé por Évora y me quedaba una hora para llegar, llamé a Fabio.

—Estoy a punto de entrar por la puerta —me dijo en cuanto descolgó.

—Pero si los jueves sales a las siete, ¿no?

Me extrañó que hubiese salido antes, con lo estrictos que eran en su trabajo.

—Sí, si entro a las diez, sí. Pero como sabía que volverías a media tarde, pedí empezar antes para estar en casa cuando llegaras.

Fabio no era muy cariñoso, de esos tipos que daban besos y abrazos todo el día. Siempre era yo la que le pedía arrumacos. Por la calle, nunca se me ocurría darle la mano. Sin embargo, aprendí a reconocer el cariño en otros detalles, a levantar un puente entre el afecto y el amor, dejando a un lado lo corporal para sentirlo sin necesitar algo tangible.

Cuando salíamos con amigos, mi copa jamás llegaba a terminarse, siempre aparecía con otra ronda para mí. Si íbamos a cenar solos, mis gustos siempre eran su preferencia. Recuerdo que, cuando llevábamos unos años saliendo, frecuentábamos una pizzería del barrio. Siempre pedíamos una pizza a medias, y siempre me gustaba. Recuerdo un día que volvíamos a casa hambrientos después de pasar la mañana en la piscina de unos amigos, fuimos a la pizzería y pedimos una cada uno. Me sorprendió mucho oír su comanda: «Jamón york, alcachofas y huevo». Me quedé tan parada que le dije: «Pero si nunca pedimos esa…». Y él me contestó: «Ya, cariño, porque sé que no te apasiona». Me asombró tanto que llevara más de un año pidiendo la que a mí me gustaba que en ese instante me di cuenta de que el cariño y el afecto se pueden encontrar en otros lugares. Un beso no se da solo con los labios, un abrazo no se limita a rodear con los brazos. El cariño consiste en que, aunque no te bese apasionadamente en cuanto llegas a una reunión con amigos, parezca que solo te espera a ti. Y Fabio siempre me sonreía en cuanto entraba en la sala, diciéndome con la mirada: «Qué bien que ya has llegado». Era así en muchos detalles, como ese día, que entró a trabajar dos horas antes para estar en casa cuando yo llegara.

El aparcamiento en nuestro barrio dependía mucho del momento del día. De noche, a veces nos tirábamos más de una hora buscando sitio, pero, sobre todo a mediodía, era muy fácil encontrar ese hueco que te hacía pegar un brinco en el asiento y sentirse el ser más afortunado sobre la faz de la Tierra. Cuando miré el reloj, marcaba las seis y media de la tarde, así que aún estaba dentro de esa franja en la que podía aparcar sin problema. En pocos minutos, tuve la suerte de ver a una chica que estaba sacando las llaves del bolso, así que bajé la ventanilla y le pregunté si se iba. Cuando me dijo que sí, me quedé esperando y aparqué en su sitio. Estaba cerca de casa, así que cogí la mochila, la botella de vino que había comprado en la gasolinera y la bolsa con los documentos de casa de mi abuela. Eché a andar pensando en todo lo vivido en las últimas horas y en las ganas que tenía de compartirlo con Fabio.

Al abrir, supe que ya había llegado porque la puerta no estaba cerrada con llave. Me esperaba justo detrás, como quien está atento por si recibe una buena noticia, como si yo fuera el mejor de los motivos. Estábamos viviendo unas semanas llenas de incertidumbre, tristeza y miedo. Lo que en otro momento hubiera sido día y medio separados y no le hubiésemos dado importancia, en ese instante en que me sentía tan vulnerable fue como separarme del abrigo un día de frío.

—¿Cómo ha ido el viaje? —me preguntó mientras me abrazaba.

—Muy bien, rápido. Tenía ganas de llegar —respondí al tiempo que me liberaba de todo lo que cargaba.

—¿Has comido? Te he comprado las galletas que te gustan. ¿Quieres un café?

—Prefiero algo fresco. ¿Hay limonada?

Con la llegada del calor, Fabio siempre preparaba una limonada riquísima mezclando limones y limas. La guardaba en una antigua jarra de cristal que tenía una tapa de plástico roja, y siempre estaba helada en el frigorífico.

—¡Sí! Ayer por la tarde, cuando llegué de clase de piano, la preparé. ¡Menudo sofoco traía de vuelta a casa! Ve al salón y ahora te la llevo.

Me descalcé y cogí una camiseta del armario que teníamos en el pasillo para ponerme cómoda.

—Aquí tienes —dijo ofreciéndome la jarrita con mucho hielo.

—Qué bien llegar a casa y que te reciban así —comenté agotada—. He puesto el vino en el botellero. Esta noche brindamos, ¿no?

—Claro. Descansa y me lo cuentas cuando te apetezca —susurró acariciándome.

—Si quieres, coge la bolsa y ve mirando todo lo que he traído del cuarto de mi madre. Creo que voy a cerrar los ojos un ratito —añadí mientras me tumbaba en el sofá.

—Duerme un poco y después me lo enseñas.

Se quedó a mi lado hasta que me entró el sueño. Oí que encendía el aire acondicionado para que estuviéramos más frescos y noté que, con cuidado, me echó la mantita del sillón por las piernas. Cuando abrí los ojos, seguía allí.

—Buenos días —se atrevió a decirme en voz baja,

pues sabía que mis despertares no eran de lo más cordiales.

Me desperecé agarrándome a sus piernas y le pregunté si había dormido mucho rato.

—Qué va, solo ha pasado media hora.

—Tengo tantas ganas de enseñártelo todo que estoy nerviosa. ¿Me acercas la bolsa?

Mientras fue a por ella, despejé la mesa del salón para ir poniendo allí todo lo que me había traído: la bolsita de tela con el reloj, la cajita roja llena de bisutería, las notas del corcho —entre ellas, la que llevaba escrito un AMOR en mayúsculas—, fotos de amigos y la de su graduación, panfletos de manifestaciones, entradas de conciertos, un par de dibujos, una invitación de boda y tres o cuatro libros subrayados.

Cuando todo estuvo esparcido por la mesa, nos acercamos para buscar detalles en cada foto: si mi madre llevaba una camisa que la tuviera puesta algún chico en otra, si algún amigo le cogía la mano a escondidas, si reconocía el collar que llevaba alguien... También repasamos los nombres de los chicos de su promoción para localizar a E. C. Había alguno, pero nos resultó imposible dar con él por internet.

—¿Quieres que abramos el vino? Quizá nos ayude a verlo todo más claro... —sugirió Fabi sonriendo, mientras yo me sentía cada vez más desilusionada.

— 127 —

—Sí, al menos nos lo pasaremos bien.

Servimos las copas y seguimos escudriñando hasta que, en una de las fotos, vimos que uno de los chicos llevaba la misma sudadera que mi madre vestía en otra. No indicaba nada, pero era un detalle que demostraba la complicidad que existía entre los dos.

—Espera… ¡ese chico se llamaba Eduardo Castro! ¡E, ce! ¿Y si es él?

Por un momento pensamos que habíamos encontrado algo a lo que agarrarnos para seguir buscando. O quizá eran mis ansias por poner nombre al desconocido, al amante de mi madre. Lo buscamos y descubrimos que era un filólogo hispánico que había publicado varios libros sobre el origen del lenguaje en una editorial pequeñita.

—¡Fabi! ¡He encontrado su contacto!

Estaba tan nerviosa que no sabía qué hacer. Quizá no fuera él, pero seguro que podría contarnos algo sobre Mariana.

—A ver, Cata, ¿qué le vas a decir? Solo sabemos que lleva la sudadera de tu madre en una foto. Creo que eso no es concluyente…

Supuse que Fabio quería tranquilizarme por si era una casualidad o por si me venía abajo al no recibir respuesta o, en caso de que contestase, si no era la que yo me esperaba.

— 128 —

—Vale, de acuerdo. Supongamos que este señor conocía a mi madre, porque sale en algunas fotos, y que solo fueran amigos —dije intentando calmarme.

Me relajaba dar vueltas por el salón diciendo en voz alta lo que le escribiría a Eduardo Castro. El miedo me golpeaba el pecho. No dejaba de preguntarme por qué Mariana me había ocultado esa relación... Ella, que siempre me lo contaba todo; ella, que era tan abierta conmigo. ¿Por qué no me dijo nada? ¿Qué había significado ese noviazgo para ella? ¿Por qué nunca me había mencionado a E. C.? Estaba claro que no había sido flor de un día. Según mis pesquisas, fue una relación larga, importante para los dos, una que les había marcado, quizá herido. Pero ¿por qué nunca me habló de él? Sentí que me había mentido, y me pregunté si todo lo demás también era mentira. Las fechas coincidían, los silencios de Mariana eran reveladores... A veces, la respuesta más sencilla es la correcta. Quizá ese hombre era... mi padre, y esa palabra me hacía temblar. No sabía cómo empezar ni qué preguntarle. No iba a decirle: «Hola, soy Catalina. ¿Dejaste embarazada a mi madre, Mariana Garbade, en 1987?». Mientras tanto, Fabio seguía leyendo la información sobre Eduardo Castro.

—Mi amor, un segundo. —De repente, se puso serio—. Mira lo que he encontrado.

Le dio la vuelta al ordenador y, en varias ventanas del

buscador, había noticias de su actividad y su compromiso con el movimiento LGTBI. En una de ellas leímos una entrevista en la que le preguntaban sobre su orientación y se declaraba homosexual. Hablaba de distintos momentos de su vida y afirmaba que nunca se había sentido dentro del armario, pues se crio en una familia de izquierdas, y que nunca tuvo que fingir ser quien no era, ni siquiera en los ochenta. Esas declaraciones despejaron nuestras dudas. Eduardo Castro era activista, simpatizante y afiliado a un partido político de Madrid desde el que defendía los derechos de su colectivo. Con total probabilidad, no compartió más que una amistad con mi madre.

Nos quedamos en silencio. En ese momento sentí que nada tenía el sentido que yo le estaba dando. Era como si toda esa historia fuera a acabar sin haber resuelto nada, como si estuviera defraudando a mi madre por buscar lo que no debía. Pero lo que más daño me hacía era sentir que la necesidad de encontrar a una figura paterna se debiera a una carencia que Mariana no pudo suplir. Me destrozaba pensar que el nombre de un señor al que no conocía diera más valor a mi vida.

Me eché a los brazos de Fabio. Recordé las palabras del chico de la gasolinera, pero preferí quedarme con lo que mi madre había elegido mostrarme.

—Me rindo, me estoy volviendo loca —confesé.

—De acuerdo, no quiero verte sufrir. Tuviste una madre ejemplar que dio su vida por ti, fue valiente, nos hacía reír cada día… Aunque se olvidó de quién era, nunca perdió su manera de mirarte. Y sí, mintió, fumó marihuana y se enamoró. Tuviste una madre que vivió, como todos. No busques más.

17

La invitación

Durante un par de días me sentí muy triste. Quizá detrás de esa búsqueda estaba camuflando el duelo por mi madre, y comprobar que al final no iba a encontrar nada me generaba sensación de fracaso.

Una mañana de sábado Fabio me despertó diciéndome que me había preparado el desayuno y que tenía algo que contarme.

Cuando llegué al salón, había puesto el mantel más bonito que teníamos, uno que compramos durante unas vacaciones por la costa de Portugal y que solo usábamos en las ocasiones especiales. Las tazas de café llevaban su plato a juego, y la leche estaba en una jarrita de cerámica para servirla aparte. Había zumo de naranja natural y había sacado la mantequillera que le regalé por su cumpleaños con nuestras iniciales pintadas. Me sorprendió, así que le pregunté a qué venía todo ese despliegue.

—Siéntate, que voy a por las tostadas y algo de fruta cortada.

—Vale, de acuerdo —dije sonriéndole desde el salón mientras lo veía tostando el pan en la cocina.

Cuando volvió, nos sentamos a desayunar. Se oía el canto de algún pájaro, la luz entraba directa al comedor iluminando el sillón y llegaba un poco de griterío de los niños que, en su día libre, habían salido a jugar a la calle con la pelota.

Por un momento dejé de pensar en lo que me había llevado a ese abatimiento y miré a mi alrededor. Ya no podía hacer nada, era mejor dejarlo todo como estaba y dedicarme al presente, enterrar esa aflicción que no me dejaba valorar mis nuevas y antiguas emociones. Ya nada tenía remedio: mi madre había muerto y, con ella, lo que quiso llevarse al olvido. No era justo destapar algo de lo que no podría defenderse o darme explicaciones. Me quedé absorta mirando el rayo de sol que bañaba el sillón.

—¿Catalina?

—Sí, dime, perdona. Estaba pensando en mis cosas —me excusé por quedarme pasmada.

—A veces siento que no me escuchas cuando te quedas tan en tu mundo… ¿Me oyes?

—¿Que si te oigo? Eres mi sonido favorito.

Me incorporé para darle un beso. No quería descuidar mi relación. Había pasado unos días un poco ausente y quería dejar atrás todo aquello. Terminamos el desayuno y me encendí un cigarrillo mientras bebía el poco café que me quedaba. Quería decirle que necesitaba recuperar nuestra rutina y la vida que teníamos, pero él se adelantó y dijo:

—Cariño, tengo algo que contarte, pero no te asustes.

Me quedé un poco perpleja. No sabía qué podía ser eso tan importante.

—Bueno, adelante —le invité a que siguiera hablando.

—Anoche, cuando te fuiste a la cama, volví a repasar todo lo que trajiste de casa de tu abuela. Lo puse encima de la alfombra, me senté en el suelo y miré una por una todas las fotos y cada nota escrita. También encontré esta invitación de boda: «Las familias López-Gatell Urriaga y Campoy Arroyo tienen el honor de invitarles a la unión que se celebrará el 5 de junio de 1983, en la parroquia de San Pedro Apóstol, Madrid, a las doce de la mañana» —leyó—. Busqué esos apellidos en internet y encontré que López-Gatell es el nombre de una gestoría de Madrid. Esta mañana llamé al número que aparecía en su web. Me atendió el secretario y le pregunté si podría ponerme en contacto con algún miembro de la empresa que se apellidara así. El chico fue muy amable y, después de hacerle un resumen de por qué estaba buscándolo, pasó la llamada al despacho de Julio López-Gatell. Le dije que tenía una invitación de boda de 1983 y le pregunté si, por casualidad, conocía a Mariana Garbade. Él me contestó: «Ah, sí. Ese año me casé con mi exmujer, Helen. Sus padres eran muy amigos de los de Mariana, fueron juntas a la facultad. Si no recuerdo mal, ella estudió Hispánicas y mi exmujer hizo Filología inglesa, de ahí que todos la llamáramos Helen, pues en ese momento sonaba más moderno que Elena. Siempre se llevaron muy bien, pero, si te soy sincero, no sé mucho más. Si quieres hablar con ella, trabaja en el hotel Ritz, en el departamento de Turismo».

—¿Helen? ¿La amiga de mi madre? ¿En el Ritz? ¡Qué casualidad! En la carta escrita a máquina se mencionaba ese hotel.

—Sí. Bueno, cariño, ya no creo que sea casualidad. Luego llamé al hotel y pregunté por ella. Al principio no me la querían pasar, pero cuando le dije el nombre de tu madre a la recepcionista, enseguida se puso al teléfono. Le conté que Mariana había fallecido y, al otro lado de la línea, aprecié el silencio más estremecedor que he sentido jamás. Le dije que tú, su hija, la estabas buscando porque habías encontrado una invitación de boda en la que aparecían sus apellidos, y que su exmarido me había dicho dónde encontrarla. ¿Y quieres saber algo más? Helen, la amiga de tu madre, la que le mandó la postal desde Alicante preguntándole si seguía enamorada, se apellida Campoy.

—¿Qué quieres decir, Fabi? —contesté sin entender nada.

—Catalina, ¡lo tienes delante! La llamaban Helen, como me dijo su exmarido, pero su nombre es Elena.

—¿Cómo?

Me quedé mirándolo perpleja.

—Elena Campoy, E. C.

De pronto, no supe qué decir. ¿Era otra casualidad o la persona que estaba detrás de ese AMOR en mayúsculas era una mujer y se llamaba Elena? Le pregunté a Fabio si había guardado su contacto.

—Claro, me ha dado su teléfono para que la llames. Quiere verte, Catalina. Más bien, lo necesita. ¿Por qué no hablas con ella y vas a verla a Madrid?

—Me cuesta creer lo que me estás diciendo. —Cogí un cigarro y fui a la cocina a servirme otro café—. Después de estos días, quería olvidarme de todo, y ahora esto.

—¿Por qué no lo ves como una oportunidad? Y deja ese mal humor. Llevas mucho tiempo buscando un nombre que ya hemos encontrado. ¿Acaso te imaginabas algo distinto? Tu madre no te mintió: fue al Reino Unido a inseminarse y te crio sola porque lo decidió así, no porque un tío la abandonara o porque fuera la amante de un hombre casado. Por favor, Catalina, deja de escurrir el bulto y ve a conocer a la persona que enamoró a tu madre.

Nunca había visto a Fabio tan serio. Me estaba dando una lección muy dura, aunque no llegó a decir lo que quería transmitirme: «No tienes padre, asúmelo. Tampoco lo tendrás, aunque encuentres al señor que dejó embarazada a tu madre hace treinta y cinco años. Ser padre no es eso. Es educar, enseñar, compartir y, sobre todo, ceder parte de tu vida. Y eso lo hizo Mariana». Destacó el coraje de mi madre, la figura de una mujer que quiso tener un hijo sin miedo a criarlo sola. Fabio quería demostrarme que ella nunca me mintió, porque, durante ese tiempo de búsqueda, era lo que más me dolía pensar. Y no me daba cuenta de que lo que hizo por mí fue renunciar al amor para volcarse en mi educación.

—Tienes razón, Fabi, perdona —dije sujetándole la mano—. Dame el teléfono y esta tarde, cuando haya asimilado un poco todo esto, llamaré a Elena.

Detrás de esas iniciales había una mujer. Quizá estaba malinterpretando lo que había encontrado y solo fueran amigas. Si no era así, no entendía por qué mi madre no me dijo que era lesbiana o bisexual. Vivía en una montaña rusa de sensaciones… Pasé de pensar que podía encontrar a mi padre detrás de unas iniciales a enfadarme por no conocer la orientación sexual de mi madre. O puede que tuviera una amiga de la que nunca me habló.

La imagen virginal que tenemos de las madres nos hace olvidar su orientación, y damos por hecho su heterosexualidad porque se casaron con hombres. Si le gustaban las mujeres podríamos haber compartido momentos hablando de ello: de los primeros acercamientos, de si alguna vez un hombre le hizo sentir algo parecido, si llegó a declararse bisexual... O haber hablado de sexo. Pensar que Elena Campoy pudo ser el amor de Mariana me despertaba nuevas preguntas. Y ella era la persona que podía contestarlas.

18

La línea de salida

La vida es lo más parecido a una carrera de cien metros lisos, de esas que duran diez segundos. Nos pasamos años preparándonos, esperando a que suene el pistoletazo de salida para llegar los primeros a la meta. Aprendizaje, esfuerzo, tiempo y entrenamiento en una simulación de lo que será la carrera de verdad. Recorremos una y otra vez esos cien metros mientras esperamos a que llegue el día. Es como cuando ensayas lo que le dirás a tu expareja cuando la veas y, cuando la tienes delante, te das media vuelta y te vas.

En muchas ocasiones, la vida nos pone a prueba... ¿Quién no ha simulado besar para que, llegado el momento, le saliera lo mejor posible? Es una ausencia que nos hace aprender de la siguiente. O dedicar muchos años de estudio para que nos cojan en un primer trabajo en el que nos paguen una miseria por entrar los primeros y salir los últimos. La vida nos prepara para muchas cosas de las que quisiéramos librarnos, pero lo peor es que no avisa. Se supone que tenemos que ser valientes y capaces de todo: la mejor amiga, la novia perfecta, sensibles para unas cosas y fuertes para otras. Pero cuando nos colocamos en el carril número cuatro y está a punto de sonar el pistoletazo que anuncia la salida, no sabemos si echar a correr o quedarnos con los pies clavados al suelo. Todo lo que nos sucede nos llevará a otro sitio, nos cambiará la mirada, nos dejará una huella o una dolorosa herida.

En la línea de salida, nada ocurre para pasar desapercibido, ya sea recibir un «Tenemos que hablar», esperar unos resultados en la sala de un hospital, dejar que pase un tren o hacer la llamada que hemos evitado durante mucho tiempo.

19

La llamada

Cuando acabé de desayunar, fui a darme una ducha mientras Fabio recogía la mesa. Al desnudarme, me acaricié la cicatriz del abdomen. A los doce años, una noche me desperté con un dolor intenso cerca del ombligo que se extendía hacia la parte derecha. Procuré calmarme antes de avisar a mi madre. Siempre retrasé el auxilio, sobre todo si era para alertar a Mariana. Tras varias horas intentando silenciar el dolor, me levanté al baño con náuseas. El ruido la despertó y acudió al instante a mi lado. Estaba sufriendo un cuadro de apendicitis, así que corrimos a Urgencias. La operación fue bastante rápida, y me quedé ingresada hasta el día siguiente. Si hubiésemos esperado más, habría tenido muchas complicaciones... Y ahí aprendí que soportar el dolor no nos hace más fuertes.

Mientras me miraba la cicatriz y recordaba esa anécdota que mostraba lo importante que es no posponer las
decisiones, fui consciente de que no podía retrasar mucho más la llamada a Elena Campoy. No me sentía capaz
de decirle a Fabio que la llamaría la próxima semana o
que prefería mandarle un e-mail y que todo acabara ahí.
No podía silenciar el dolor. La vida sucede sin preguntar
si es el momento adecuado.

—Tienes el contacto de Elena, ¿no? —le pregunté
cuando ya me secaba el pelo con la toalla.

—Me sorprende, a la vez que me alegra, tu determinación.

—Es mejor cuanto antes.

—Me encantaría acompañarte. Si quieres, puedo pe-
dirme un par de días en el trabajo.

—¿Sí?

—Claro, no quiero que me llames para contármelo.
Si me necesitas, prefiero esperarte tomando un buen
vino en un bar cercano.

—Entonces vente conmigo y busquemos un hotel
—contesté sonriendo—. Estoy segura de que necesitaré
compañía.

Cuando terminé de secarme el pelo, Fabio estaba en
el salón con el papel en el que había anotado el teléfono
al que tenía llamar. Era su móvil personal. No sabía si
guardar el número y mirar la foto de su perfil de Whats-

— 142 —

App antes de verla en persona, poner cara a E. C. o esperar. Por un momento pensé en mi madre, en lo que la enamoró de esa mujer... Seguramente su físico habría cambiado, pero su voz, su mirada, incluso su olor quizá siguieran siendo los mismos. Decidí esperar. ELENA CAMPOY, anoté en el contacto nuevo, junto con el número, antes de guardarlo.

Mientras daba vueltas por el salón, le dije a Fabio que prefería estar sola durante la llamada. Antes de marcharse, se acercó, me cogió de las manos y me dijo: «Si me necesitas, silba», la frase que siempre nos decíamos cuando algo se tornaba complicado. Salió por la puerta lanzándome un beso y vi que cogía mi chaqueta vaquera de la percha de la entrada. Le encantaba ponérsela.

Encendí un cigarrillo y me senté en el sofá con el teléfono en la mano. La escena parecía sacada de una película: ensayaba el inicio de la conversación, incluso cambiaba el tono de voz, pasando del más distendido al más formal.

Se acercaba el momento.

Y sucedió.

¿La memoria es selectiva? ¿Cuántas voces habremos escuchado a lo largo de la vida? Un sonido, un llanto, una risa. ¿Cuántas habremos olvidado? ¿Todos oímos igual la misma voz? ¿O es el modo en que el oído elige escucharla? La voz de Elena se colocó en mi memoria como algo inolvidable, más que cualquier otra que hubiera oído antes. La percibí dulce, amable y, sobre todo, familiar. Como si no fuera la primera vez que la escuchaba.

—Hola, Catalina —respondió.

Al ver el prefijo de Portugal, supo que era yo. No contestó con el esperado «¿Dígame?» o con un simple «¿Sí?». Pronunció mi nombre como si hubiera estado años preparándose para ese momento.

Como me había dado tantos quebraderos de cabeza encontrar el nombre que se escondía tras las iniciales, quise despejar esa duda:

—Hola. ¿Prefieres que te llame Helen o Elena?

—Cualquiera de las dos opciones me parece bien —me contestó.

—¿Cómo te llamaba mi madre?

—Mariana me llamaba de mil maneras —confesó—. Cuando hablábamos en persona, siempre Helen, pero si nos escribíamos cartas me decía que tenía un nombre precioso como para no escribirlo. Por eso Elena. Por eso E. C.

—Está bien. Te llamaré Helen.

Ninguna de las dos sabíamos qué buscábamos en la otra, pero estaba claro que ese encuentro nos iba a dar paz. Ella no podía ni imaginar que yo tuviera las cartas que le había mandado a mi madre hacía tantos años y que sabía algo de su historia de amor.

Su voz denotaba serenidad. Era como si, al hablar conmigo, lo estuviera haciendo con mi madre, como si estuviese manteniendo una conversación que nunca llegó a darse y que, quizá, pudiera tener conmigo. Suspiraba mientras repetía el nombre de Mariana en voz baja.

—¿Tienes pensado venir a Madrid? —me preguntó—. Es que todo lo que quiero contarte me apetece hacerlo en persona.

—Ah, ¿tienes algo que contarme? —dije entre risas—. Creo que no me explicarás nada que no sepa… He husmeado más de la cuenta en la vida privada de Mariana y, por ende, en la tuya. Espero que lo entiendas —confesé.

—No te preocupes. Elije una fecha y un lugar para vernos, y allí estaré.

No notaba urgencia en su voz, pero sentía que Helen quería ponérmelo fácil para que me sintiera cómoda y que nuestra cita se produjese lo antes posible.

—Acabo de llegar de Madrid y quería darme unos días para asimilar todo lo sucedido.

—Claro, lo entiendo. No tiene que ser fácil.

—Cuando hable con mi pareja, te mando un mensaje para concretar la fecha. ¿Te parece?

—Está bien. Cuando te sientas preparada, escríbeme y me reservo ese día para tomar un café.

—Un saludo, Helen —me despedí.

—Un momento —me interrumpió—. Gracias por llamarme. Nunca pensé que tendría la oportunidad de hablar contigo. Gracias de nuevo.

—No tienes que darme las gracias. Yo tampoco había imaginado esta situación. Pero no es cuestión de agradecer. Creo que nos estamos salvando la una a la otra.

—Seguramente sea así.

—Hablamos pronto, Helen.

—Un abrazo, Catalina.

Tardé un rato en avisar a Fabio de que la llamada había terminado. Me quedé fumando, sentada en la alfombra del salón, dando vueltas a unos hilos que sobresalían. Hay momentos que no son para compartir, y eso era algo que Fabi y yo entendíamos de la misma manera. No perder la intimidad era fundamental para sentirnos bien y seguir construyendo algo juntos.

Llevaba varias semanas en una vorágine de sentimientos que me habían impedido recordar a mi madre. Cuando dejé de llorar su pérdida, encontré las cartas y las notas que me llevaron a buscar algo donde nunca pensé que tuviera que indagar. Y en ese momento me di cuenta de que no había tenido tiempo de acordarme de nuestras historias, de recrear sus manos o mirar algunas fotos antiguas.

20

El relato

La muerte de mi madre vino acompañada de una historia no resuelta, y sentí que estaba a punto de obtener muchas de las respuestas que necesitaba. Fabio me acompañó en mi segundo viaje a Madrid, y acepté su apoyo. No sabíamos qué me quería contar Helen, pero los dos estábamos convencidos de que, de un modo u otro, me afectaría, así que en ese instante su compañía era fundamental para mí. Aunque ya no pudiera estar con Mariana, tenía mucha suerte de contar con él y de que supiera estar en los momentos adecuados.

Busqué en Booking un hotel céntrico para dormir en un lugar que no añadiera una carga emocional más potente a lo que iba a vivir. No quería ir a casa de mi abuela, donde se había criado Mariana, donde había encontrado retazos de ese pasado silenciado. No estaba preparada para soportar tantas emociones en un solo viaje.

Fabio quería que estuviésemos cómodos, así que me dijo que no mirase el precio. Dentro de un rango asequible, reservamos en un hotel con un bar en la azotea desde el que se veía la Gran Vía. Comenzamos a pensar en los vinos que nos tomaríamos cuando volviera de ver a Helen y necesitara un par de copas para sobrellevar mis sentimientos.

En cuanto me sentí preparada, escribí a la amiga de mi madre para comunicarle que iríamos ese fin de semana y preguntarle cuándo podríamos vernos. Obtuve la respuesta en cuanto me desperté: me propuso tomar un café el sábado al mediodía.

El viernes, cuando Fabio llegó del trabajo, ya lo estaba esperando con el coche en la puerta y la maleta en el asiento de atrás. Nos quedaban por delante varias horas durante las cuales podríamos poner música y cantar o contarnos alguna historia que no tuviera nada que ver con el motivo de la ida a Madrid. Durante ese tiempo, aproveché para pensar en la forma tan única que tenía Mariana de ser mi madre, así que le pregunté a Fabio si recordaba el día en que la conoció. Sabía que sí. Era una anécdota que solía explicar a nuestros amigos. Se la había escuchado unas diez veces, pero deseaba que volviera a contármela. Le encantaba relatar historias bonitas. Y esa era una de ellas.

Desde el asiento del conductor, volvió la cabeza hacia mí y, alzando la voz, exclamó:

—¿Que si recuerdo ese día? ¡Déjame que te vuelva a contar esa historia!

Fabio siempre había sido un hombre bueno, de los que creían en el amor y lo ponían en todo lo que hacían. Durante meses, fue a un curso de escritura creativa que ofrecían en una especie de centro cívico que estaba en el centro de Lisboa.

Cuando lo conocí, le hablé a mi madre de él, pero sin ponerle nombre, sin decirle qué hacía en su tiempo libre o cómo era su relación familiar. Solo le conté lo que me estaba haciendo sentir un muchacho que escribía en un periódico de izquierdas y que tenía el pelo más bonito que había visto en mi vida.

Mariana siempre tuvo mucha vida cultural: si no estaba en una exposición, iba a la presentación de un libro o al teatro con una de sus mejores amigas de la universidad, separada y sin hijos. Al volver, me contaba tantas historias que era imposible saber quién era fulanito o menga-

— 149 —

nito, quién escribía o cuál pintaba. Recuerdo que una tarde llegó de un ciclo de literatura en el que presentaban unos relatos en el Teatro do Bairro. Entró en casa fascinada por el fragmento que había leído uno de los finalistas para optar a un premio de talentos noveles. Cuando acabó el acto, aprovechó para charlar con los miembros del jurado porque conocía a uno de ellos. Después fueron a tomar algo al bar de al lado del teatro y felicitó al chico del relato por terminar algo mediocre con el mejor de los finales. No consiguió que ganara, pero le dijo que si convertía ese fragmento en otro relato sería premio seguro. Mientras me contaba la historia, no fue capaz de decirme las palabras exactas, pero recitó algo así como: «El cuerpo tiene tiempo, pero no culpa. No es responsable de que el tiempo pase. El cuerpo no miente, reacciona y evidencia. A veces deberíamos cerrar los ojos, apagar las voces y ser conscientes de que el cuerpo será el único testimonio legítimo de que hemos vivido».

Meses después de aquel evento, Fabio y yo estábamos en una taberna de vinos y quesos cuando, por la cristalera, vi pasar a Mariana. Me levanté y salí a saludarla.

—¿Es el chico del que tanto me has hablado, Catalina? —me preguntó con una sonrisilla—. ¿Puedo entrar y me lo presentas?

—Ay, mamá, me da vergüenza, solo nos estamos conociendo… Venga, entra.

Me quedé de piedra cuando, al acercarnos a la mesa, Fabio se levantó y le dio a mi madre un abrazo lleno de una extraña familiaridad mientras ella exclamaba:

—¡¡Fabio Vento!! ¡Así que anda de tabernas con mi hija! —soltó al tiempo que sofocaba una carcajada ante mi cara de estupefacción.

Con toda la confianza que solo ella sabía destilar, se sentó con nosotros y le pidió un vino al camarero. No podía creer que se conocieran, y menos aún que Fabio fuera el autor del relato que mi madre me había recitado entusiasmada. En ese instante descubrí que a mi nuevo amigo le gustaba escribir. Llevábamos un par de meses quedando y aún tenía mucho que mostrarme. La mirada aprobatoria de mi madre me ratificó que con Fabio no me estaba equivocando: ambas veíamos algo especial en él. Al no tener un referente masculino en casa, a Mariana le preocupaba cuál sería mi prototipo de hombre. De pequeña, la había oído comentar sus miedos al respecto con la señora Simona. Le asustaba que esa ausencia me hubiera condicionado y que me diera por huir el día que me enfrentarse a una relación. Sin embargo, aquella noche se diluyeron sus temores.

Me quedé embobada mirándolos mientras hablaban de escritura, de lo mucho que le había gustado el final de su relato, y le preguntó si había vuelto a escribir. También charlaron de otros temas que iban surgiendo con

— 151 —

fluidez. De pronto, en aquella taberna, sentí que allí estaba mi familia. Mi pequeña familia.

Fabio me confesó que la charla con Mariana le iluminó y le devolvió la confianza en sí mismo. En ese instante se dio cuenta de que la escritura no se le daba mal. «Si no hubiese sido por tu madre, tal vez habría dejado el periodismo y la escritura. Aquella noche fue reveladora para mí», me dijo.

La escritura es sanadora para quien escribe, pero también para quien la lee. Aquel relato del cuerpo hablaba de él, de su miedo a las heridas no solo físicas, sino también emocionales. Por eso se planteaba si la mejor opción era no volver a sentir.

Fabio apartó la mano del volante y me acarició la mejilla al tiempo que me decía:

—Pero el cuerpo no tiene la culpa, sino la respuesta.

21

El amor y la vida

Cuando no sabes a dónde ir, sientes que llegas demasiado cerca o demasiado lejos, que vas tarde o que te has adelantado. Esa situación es muy distinta a viajar sin destino, con el propósito de perderte o hacerte el bohemio para, al final, encontrarte. Durante años, Tailandia era el lugar al que iban las almas perdidas, y volvían diciendo que en esa isla de aguas cristalinas se habían encontrado a ellas mismas. En realidad, para vivir esa experiencia se necesita dinero y no tener miedo a viajar sola. Lo mío era una búsqueda forzada, pero sentía que podría hallar las respuestas a las preguntas que ahora me atormentaban.

Uno de los motivos de la evolución humana es nuestra capacidad para hacernos preguntas. Antes de la llegada de internet, ejercitábamos más la cabeza, dábamos vueltas a las ideas hasta encontrar una solución o llamábamos a la abuela, que tenía una memoria prodigiosa. Trabajábamos la paciencia, le dábamos al coco y nos relacionábamos más. Sin embargo, las respuestas que buscaba ahora no estaban en internet ni podía hallarlas por mí misma por mucho que me esforzara. Tampoco me habían educado en la paciencia de una solución rápida. La mayor herencia que me dejó mi madre fue mostrarme lo que eran el amor y la vida. Pero, sobre todo, que ambos eran lo mismo.

Cuando Mariana comenzó a empeorar, tuve que contratar a una cuidadora para que pasara unas horas en casa por las mañanas y se quedara a dormir cuatro días a la semana. El resto del tiempo intentaba estar con ella, volver antes del trabajo para pasar la tarde allí y darle la cena. Al final todo fue tan rápido que, sin darnos cuenta, su diccionario se fue reduciendo a marchas forzadas: perdía palabras a diario, hasta que se quedó en silencio la mayor parte del día. Mi casa, aquella en la que tantas charlas habíamos compartido con sus amigos, en la que tantos libros me había leído en voz alta, enmudeció. Fue una etapa de desgaste emocional durante la cual Fabio estuvo a la altura. Mantener el amor cuando el mar está en calma es sencillo, pero el alzhéimer revolvió las aguas en nuestra vida. Cada día me enfrentaba a él, y nunca sabía si saldría sana y salva de allí.

Una tarde estaba en el trabajo y su cuidadora me llamó varias veces. Mariana no respondía a los estímulos y su nivel de oxígeno en sangre había disminuido. Una ambulancia la recogió, y yo salí disparada hacia el Hospital da Luz.

Mi madre ya no vivía. Yo invertía el tiempo en cuidarla e intentaba recordarle quién había sido, pero llegó un momento en que eso ya no tenía sentido. No decidió marcharse, solo fue incapaz de seguir luchando. Algo en su interior dijo «Hasta aquí» mientras yo esperaba en una sala rodeada de gente.

Cuando me comunicaron que había fallecido, supliqué que me dejaran entrar a verla. Mostraba tranquilidad en el rostro. Siempre me sentiré agradecida por eso: no luchó, no sufrió ni se esforzó por mantenerse viva. Hacía mucho tiempo que se había ido, de ella solo quedaba un cuerpo dormido. Es como cuando se te duermen las manos: no las sientes, pero siguen ahí; de pronto, un leve hormigueo te recuerda que forman parte de ti.

Mi madre se quedó dormida cuando dejó de decir mi nombre, cuando olvidó que me llamaba Catalina. Y cuando, en el espejo, dejó de reconocer a Mariana.

22

Lo moderno

Metimos el coche en el aparcamiento del hotel y subimos a la habitación para darnos una ducha y descansar. Fabio solo había estado en Madrid durante una escapada de fin de semana con los amigos de la universidad. Aunque estábamos cansados, le apetecía ir a dar un paseo y cenar un bocata de calamares en la plaza Mayor.

Como lo *vintage* y el costumbrismo están de moda, lo moderno puede ser cutre. La taberna a la que quiso ir —poco higiénica, con papeles en el suelo y aceite en la barra— estaba llena de jóvenes que pedían chatos de vino y comida grasienta. Era como una foto con filtro antiguo, parecíamos estar en los ochenta. Sin embargo, lo que está de moda no tiene por qué ser auténtico. No podemos convertir el cine *low cost* en tendencia, no deja de ser precario. Seguramente, los directores quieren salir con bajo presupuesto y alejarse de las salas de cine. Lo mismo sucede con la música y con muchas dimensiones del arte.

Pero el *boom* de lo cutre —de la camiseta interior blanca, el bigote a lo Antonio Alcántara y las gafas futurísticas de los noventa— ha calado tanto como el resurgir de la extrema derecha o la aparición de esos jóvenes que vuelven a tener hijos a los veintipocos y los muestran en las redes alardeando de la vida que hay que tener. Pasamos de la importancia del ser a la del tener, y, en este momento, a la del parecer.

El precio del vermut era desorbitado y el bocata de calamares tan pequeño que me pareció un sacrilegio que lo llamasen «bocata». Sin embargo, como estábamos en Madrid, la visita era obligada, tal y como las redes sociales le habían asegurado a Fabio. Además, nos iba bien distraernos un rato.

Entre el ruido y que no encontrábamos sitio para sentarnos, salimos de allí en cuanto nos acabamos el minibocata. Tras satisfacer el capricho de Fabio, le pedí que volviéramos al hotel a descansar para estar lúcida durante mi cita con Helen. Lo entendió; ya habría más ocasiones para disfrutar de la ciudad.

De vuelta, escribí a la amiga de mi madre para confirmar la hora: «¿A las doce en la puerta del Ritz?». Me contestó a los pocos minutos con un escueto: «Ok. Hasta mañana, Catalina».

23

Hotel Ritz

Cuesta tanto creer en el amor que, cuando se va, es lo que más duele perder. Suele pasar con todo lo que se deteriora, da miedo pensar que se irá para siempre. Nos sucede también con los sentidos: nos preocupa perder la vista o el oído, y nos olvidamos de la importancia del tacto, la resistencia del cuerpo, el único que no se degenera y el primero que se desarrolla cuando somos tan diminutos como un guisante en la matriz. Se mantiene al recordar la suavidad, la aspereza o las yemas de los dedos arrugadas por el agua. Somos más el tacto que el oído, somos más el aquí y ahora que el ruido que precede a la tormenta. Porque, como ocurre con el tacto, necesitamos ser dos para sentirlo, para que algo ocurra. Y a mí siempre me ha gustado que la tormenta me caiga encima.

No quise indagar sobre la mujer con la que había quedado esa mañana; no la busqué en internet ni miré su perfil en LinkedIn. Tampoco me interesaba su físico, su trabajo o sus aficiones. Solo esperaba saber lo que ella quisiera contarme. Quería entender su interés por mí y su relación con mi madre. Y lo descubriría en cuanto me sentase frente a ella.

Me levanté con el tiempo justo para desayunar e ir andando al Ritz mientras escuchaba el disco *Even in the Quietest Moments* de Supertramp que tanto le gustaba a Mariana. Para llegar hasta allí tenía que bajar por la Gran Vía, avenida en la que encontré un estanco y compré tabaco. Al salir, me encendí un cigarrillo. Paseé con una calma que no respondía al momento... Quizá había algo en conocer a Helen que me aportaba serenidad y me hacía sentir cerca de mi madre. Estamos en los labios que besamos, en las manos que tocamos y en los ojos que miramos. Y no me cabía duda de que, si Mariana le dio su amor a esa mujer, habría dejado parte de ella en su cuerpo. De alguna manera, conocerla me acercaría de nuevo a mi madre.

Llegué al hotel diez minutos antes para echar un vistazo. Al entrar, el recepcionista me preguntó si estaba hospedada o necesitaba algo, y le respondí que había quedado con alguien. Me senté en un sillón, pero al instante vi aparecer a una mujer con traje de chaqueta, el pelo suelto color ceniza y unas gafas rojas muy finas. Sin duda, era Helen. Ella tampoco dudó. Se acercó a mí y me preguntó:

—¿Catalina?

En la vida hay verdades que llegan de la forma más imprevista. Cuando menos te lo esperas, te das cuenta de que a tu madre le gustaba que la casa oliera a flores porque era el perfume de la persona a la que amó.

Dicen que el abrazo perfecto ha de durar ocho segundos. Eso sí, siempre depende de la persona de quien lo recibes o de a quién se lo das. Debido a la oxitocina y la bajada del cortisol, libera tensiones. Nosotras no entendíamos de hormonas ni de química, pero aquel abrazo fuerte y prolongado nos acercaba a Mariana. Dos cuerpos extraños que se estrechaban por primera vez encontraron una extraña tranquilidad el uno en el otro.

Cuando nos apartamos, me dijo, emocionada, que no sabía describir lo que sentía al tenerme delante. Era como si volviera a verme después de mucho tiempo, aunque en realidad no nos habíamos visto nunca. Al menos, eso creía yo.

Se despidió del recepcionista y me propuso subir a la azotea. Recordé las palabras de la carta: «... ese café que nunca llegamos a tomarnos en la azotea del Ritz». ¿Lle-

— 160 —

gó a pisar Mariana aquel lugar? ¿Volvieron a verse después de aquella carta? ¿Qué les impidió tomarse ese café? Tenía el corazón tan acelerado como las preguntas que se agolpaban en mi mente. Ella debió de notarlo porque, con naturalidad, quiso saber qué tal me había ido el viaje y dónde me hospedaba. Su cordialidad me ayudó a relajarme mientras íbamos hacia la terraza.

Helen fue saludando al personal, ya fueran las encargadas de la limpieza o el chico enchaquetado de la puerta de la azotea. Me pareció una mujer agradable y querida por todos. Me comentó que llevaba muchos años trabajando allí, y que le daba pena estar a punto de jubilarse. Al entrar, el metre se acercó a nosotras para acompañarnos a la mesa que Helen había reservado. Cuando nos sentamos, me di cuenta de que era el sitio con mejores vistas y mayor privacidad de la terraza.

—De algo tiene que servir trabajar en uno de los mejores hoteles de Madrid...

—Las vistas son espectaculares —dije mientras miraba a uno y otro lado.

—Siempre me ha dado pena que Madrid no tenga playa, pero a veces la puesta de sol desde esta azotea te hace sentir cerca del mar.

—Sí, supongo que es especial para ti.

—Sí... Sabes más de lo que creo, ¿no? —dijo asombrada.

—Algo leí en una carta… Y nada me hace más ilusión que estar en este lugar al que ella no pudo venir.

Enseguida se acercó el camarero para tomarnos nota. Helen pidió una mimosa. Al ver mi cara de extrañeza, me explicó que era un cóctel que mezclaba zumo de naranja y champán, una extravagancia que solo pedía en ocasiones especiales. Como también era una ocasión especial para mí, me sumé a ella y saqué el paquete de tabaco para dejarlo encima de la mesa. En cuanto se fue el camarero, nos quedamos unos segundos en silencio hasta que Helen se atrevió a preguntarme cómo había llegado hasta ella.

—Es una larga historia —contesté.

—No tengo prisa. Me encantará escucharla, si te apetece contármela. Estamos en el mejor lugar del mundo para hablar de Mariana.

El camarero regresó, discreto, y dejó las bebidas en la mesa. En cuanto se marchó, Helen cogió la copa y me invitó a brindar:

—Por la persona que nos une.

No sabía cómo empezar, pero el principio estaba claro: la muerte de Mariana.

—Cuando falleció mi madre, fui a su casa a recoger sus cosas y encontré cartas, dedicatorias y fotos en las que aparecían las iniciales «E. C.».

Mientras le contaba cómo empecé a unir las piezas

del puzle, me di cuenta de que estaba intentando disimular sus emociones.

—Helen, no sé si prefieres que no entre en detalles… No sé nada de ti, mi madre nunca me habló de vuestra historia.

—No, Catalina, perdóname. Nadie como tú habrá sufrido tanto su pérdida como para que tengas que consolarme en mi dolor. Hacía muchos años que no veía a Mariana, pero el tiempo no hace que olvides. Parece que fue ayer cuando me la encontré en Madrid. Y han pasado treinta y tantos años —dijo mientras cogía una servilleta para secarse las lágrimas que intentaba reprimir.

En cuanto dijo «treinta y tantos años» me asaltaron un montón de preguntas, pero esperé a que pudiera contarme cuándo se conocieron y qué ocurrió para no volver a verse.

Me pidió un cigarrillo y respiró hondo al dar la primera calada.

—Será mejor que empiece por el principio… Supongo que no entenderías nada al encontrar mis iniciales entre los recuerdos de Mariana. Cuando me llamó tu pareja, en un primer momento me extrañó. No comprendía por qué me telefoneaba, en qué podría ayudar, hasta que me dijo que había fallecido. Entonces sentí que de alguna manera perdía la poca esperanza que me quedaba. Siempre me aferré a que, en cualquier momento o lugar, podríamos rencontrarnos, aunque fuera por casualidad. Su llamada me golpeó como una terrible verdad. Saber que ya no volvería a verla hizo que algo se rompiera en mí.

Helen se emocionó de nuevo, no podía seguir hablando.

—Tranquila, tómate tu tiempo. No he venido a juzgar nada. Solo quiero saber cuál fue vuestra historia para conocer mejor a mi madre. Desde que encontré todo aquello, siento que jamás estuve con la verdadera Mariana, y necesito acabar con esa sensación.

Más de una vez, mi madre me dijo que el tiempo no volvía. Al tener a Helen delante de mí, me vinieron esas palabras a la mente. Esa mujer había esperado mucho, y acababa de darse cuenta demasiado tarde de que ya no había nada que esperar.

—¿Sabes? Basta de lloros. No quiero hablar de Mariana con lágrimas en los ojos. Es una historia que no le he contado a nadie, y quiero recordarla como la viví: como el amor más puro y sincero.

24

La historia de Helen y Mariana

Helen se recolocó en la silla, dio un trago a la copa y levantó los ojos al cielo, hacia el lugar desde el que todos pensamos que nos siguen acompañando los que dejan de estar a nuestro lado. Porque no se van, no nos abandonan; solo se trasladan a otra parte desde la que continúan mirándonos. Somos lo que les queda en la Tierra, en cuerpo. Por eso hay que seguir caminando, recordando y viviendo, haciendo lo que les quedó por hacer, porque siguen aquí. Estoy segura de que Mariana, desde donde estuviera, alucinaba al verme sentada con Helen en la azotea del Ritz. Solo por eso ya merecía la pena el encuentro.

Se conocieron en la universidad. Las dos estudiaban en la facultad de Filología y les encantaba ir a conciertos de los cantautores de la época: Paco Ibáñez, Luis Pastor, Aute… Pasaban muchas horas con Luis, un amigo que tocaba la guitarra y vivía en un piso compartido en Malasaña. Aunque no cursaban la misma carrera, había mucho movimiento estudiantil, y era normal conocer a gente de otras facultades. Helen sonreía al hablarme de las noches de fiesta y de las pintas que llevaban por aquel entonces. A finales del primer año, los padres de Helen se mudaron muy cerca de la casa de Mariana. Sus respectivas familias congeniaron y alguna vez salieron juntas de cañas a un bar conocido de la zona donde servían las mejores bravas de Madrid. De ese modo, el lazo que unía a las chicas se fue estrechando.

—Cuando estábamos solas, era como tener otra vida. El tiempo pasaba volando, Catalina. Las horas con tu madre no tenían sesenta minutos, te lo aseguro. Por las tardes íbamos al Retiro hasta que se hacía de noche. Luego cogíamos el autobús y nos sentábamos en la última fila agarradas de la mano.

—Qué manos más bonitas tenía, ¿verdad? —recalqué.

—Sí, me las sabía de memoria. Aunque me vendasen los ojos, si las manos que me acariciaran fueran las de tu madre, las reconocería.

Las manos de mi madre eran pequeñas y muy suaves, con unas uñas finas. Cuando se las dejaba un poco lar-

— 166 —

gas, le pedía que me acariciara el brazo mientras veíamos la tele. Con los años, le salieron unas manchitas de la edad. Con ellas escribía, hizo figuras de cerámica en un taller del barrio, cocinaba una deliciosa sopa de tomate y creó un lenguaje con Helen. Cuando no eres capaz de transmitir algo con la voz, intentas comunicarte de muchas maneras, y las manos, a veces, dicen más que las palabras: un roce, un apretón, una señal. Con las manos no existen las casualidades, pero son muy fáciles de disimular.

Durante el curso iban juntas a conciertos y al teatro, y daban paseos por Madrid. Les encantaban los jardines de Sabatini y el Retiro. También acudían a unos ciclos de música que se celebraban en un club de Chamartín en el que ponían vinilos que traían de Estados Unidos y el Reino Unido. Me contó que allí descubrieron a Janis Joplin, y dijo que una de las canciones que más escuchaban era «Maybe».

—¿«Maybe»? ¿Janis Joplin? —le pregunté con asombro.

—Sí, nos encantaba. Me hizo traducirle la letra, ya que yo estudiaba Filología inglesa.

—¿Sabes que cuando sonaba en la radio siempre cambiaba de emisora? Me decía que no le gustaba.

—Puede que la transportara a algo que le hacía daño. En cierta manera, a mí me pasó lo mismo… Se me hacía raro escucharla sin tener a tu madre al lado. Era consciente de su ausencia cuando oía cantar a Janis Joplin que, si rezaba, quizá podría volver a casa con ella.

Con la nostalgia de otro tiempo en la mirada, Helen me contó que Mariana y ella siempre estaban juntas, como dos amigas inseparables que no hacían nada la una sin la otra. «Éramos una; a su lado, nunca me sentí sola», me confesó. No pude evitar que una sonrisa triste asomara a mis labios; sabía como nadie a qué se refería.

Ese verano se fueron con unos amigos a pasar unos días a Castellón: visitaron playas nudistas y dormían en una de ellas en tiendas de campaña. La última noche, cuando todos se fueron a la cama, Mariana y Luis se quedaron charlando en la orilla.

—La oí llorar. Como hablaban en susurros y las olas hacían ruido, no supe qué le pasaba. Cuando me acerqué a ellos para desearles las buenas noches, se callaron. Al rato, cuando ella entró en la tienda, me hice la dormida. Me abrazó y, creyendo que no estaba despierta, me susurró: «Te amo, Helen».

Al oír aquello, no supe qué decir. Y yo que pensaba que mi madre jamás había encontrado a la persona que le cortara la respiración… La tenía delante de mí, y era una mujer.

Aquello ocurrió a principios de los ochenta. Hasta 1978, en España no se despenalizó la homosexualidad, pero la forma de pensar de la gente no cambió en cuanto esa ley entró en vigor. Hasta que no empecé a conocer la historia de mi madre con Helen jamás me planteé que mi madre hubiese sido lesbiana. Siempre creí que no quiso compartir su vida, pero en ese instante me di cuenta de la de cosas que tuvo que vivir. Sobre todo, conociendo la mentalidad de sus padres. ¿Eso fue lo que la separó de ellos? ¿Por eso se fue de Madrid? En mi cabeza solo surgían preguntas, pero quería seguir escuchando la historia de Helen sin interrumpirla. Al fin y al cabo, para ella era revivir una vida que nunca se había atrevido a contar.

—Esa noche nos abrazamos con miedo, Catalina. Con amor, pero también asustadas porque no era fácil sentir aquello. Nuestros padres eran conservadores, y en casa eran habituales los comentarios despectivos hacia la homosexualidad, como en la mayoría de los hogares españoles por aquel entonces.

Con un tono triste, me contó que, a la vuelta del viaje, se distanciaron. Fueron unas semanas difíciles, porque cada una se fue de vacaciones con sus padres y no se vieron. Hasta el inicio del segundo año de carrera.

—Al volver a la rutina, fue imposible acallar lo que sentíamos. Un fin de semana de octubre, Luis celebró una fiesta en su piso y, después de tomar algo allí, decidimos ir al Penta. Pero él, el único que sabía lo nuestro, nos ofreció su dormitorio y nos aseguró que se encargaría de decirles a todos que nos habíamos ido a casa.

—¿Volvió a ocurrir?

—Y durante mucho tiempo, Catalina.

Continuó hablándome de lo complicado que les resultaba verse de forma íntima y que tenían que esconderse.

Cuando salían de fiesta con amigos, se presentaban a los chicos para disimular su homosexualidad y comportarse como las demás solteras de la pandilla. En ese momento no se pusieron etiquetas, solo sabían que estaban enamoradas y que sentían un amor inabarcable. Curiosamente, Helen no se ciñó al relato romántico y naíf; no dejaba de repetir la pasión y la atracción que sentían. Tal vez, al explicármelo, lo revivía.

—Después de todo aquello me casé con el que ahora es mi exmarido, al que llamó tu pareja. Sin embargo, jamás sentí con él lo que conseguía tu madre al rozarme la mano.

Por un momento había olvidado que la otra protagonista de la historia era mi madre. Solo pensaba en dos mujeres valientes que, con todo en contra, vencieron el miedo. Aunque lo que me estaba contando Helen se situaba en los ochenta, aún se seguía viviendo ese temor. Mariana había vuelto para darme una lección, para que comprendiera por qué vivía de una forma tan apasiona-

— 170 —

da. Pero no lograba entender qué pasó para que eso se acabara hasta que Helen me dijo que, después de un año viéndose a escondidas, mintiendo a sus padres y a casi todos sus amigos, la situación se complicó.

—No era fácil, Catalina. Te arriesgabas a que tu familia te diera de lado, a mentir a todos cuando te preguntaban si tenías pareja, a que te juzgaran por pasar mucho tiempo con otra mujer. Y lo peor: no era fácil disimular que estábamos enamoradas. Estuvimos más de un año así, hasta que, una noche que habíamos salido, mis padres me esperaron en el salón para preguntarme de dónde venía.

En ese instante todo empezó a cambiar. Unos amigos de los padres de Helen las vieron por el centro en actitud cariñosa. Era imposible disimular todo el rato, y las pillaron. Su familia le prohibió volver a ver a Mariana a solas y la amenazó con repudiarla si seguía con aquello. Fue muy difícil para las dos. La tarde en que tuvieron que asumir esa decisión ajena a sus sentimientos se separaron entre lágrimas: mi madre insistió en buscar opciones, en marcharse juntas y vivir su historia.

—Pero no tuve valor, Catalina. A los pocos meses empecé con Julio para recuperar la confianza de mis padres. Y Mariana no volvió a ser la misma. Cuando teníamos que vernos en la universidad, fingíamos cordialidad para que nadie sospechara nada… Fue horrible.

Helen se emocionó de nuevo y me pidió que fuéramos a dar un paseo por el Retiro para seguir contándome la historia. Necesitaba estirar las piernas, recordar tantos momentos en aquel lugar la había removido más de lo que esperaba.

25

El Retiro

Cuando dos cuerpos interaccionan, las fuerzas que ejercen uno y otro tienen idéntica magnitud, pero van en sentido contrario. Todas las teorías necesarias para entender el comportamiento de un cuerpo no sirven con el ser humano porque, entre kilos de masa corporal, acabamos decidiendo qué hacer con él a través de un órgano de poco más de un kilo que se esconde en el cráneo. De acuerdo, el conocimiento nos hace libres, como dijo Sócrates, pero a veces el pensamiento nos convierte en esclavos. En pocas ocasiones existe una sincronía entre lo que sentimos, lo que pensamos y lo que nos dicen que debemos hacer. Sin embargo, sabemos detectar que el arrepentimiento, una de las sensaciones más dolorosas que se pueden experimentar, se debe a no hacer lo que sentimos. Sobre todo cuando el tiempo acaba dándonos la razón y no hay vuelta atrás, cuando la libertad ya no nos pertenece porque la decisión no ha sido nuestra. Y nada hay más desolador que perder una última oportunidad porque otros nos la nieguen.

Los ojos de Helen me transmitían una historia de represión, cobardía, miedo y arrepentimiento, pero cambiaban en cuanto me hablaba de Mariana o de su hijo. Al salir del hotel, me contó que se quedó embarazada al poco de casarse, y que Mateo la ayudó a reconciliarse con gran parte de la culpa que sentía. El amor ni se crea ni se destruye, solo se transforma. Y todo el que no pudo vivir en pareja lo sintió puro y sincero por su hijo. Me confesó que la relación con Julio, su ex, nunca funcionó, pero le servía para calmar a su familia.

—Pensar que podían echarme de casa y cortar toda relación conmigo me resultaba insoportable, Catalina. —Volvió a recuperar el tema de mi madre cuando entramos en el Retiro—. ¿Cómo podía ser tan valiente? Mariana no tenía miedo, me alucinaba verla tan segura. Pero yo no fui capaz.

—En aquella época no era fácil ser valiente, Helen, no te martirices. ¿No quedasteis en veros pasado el tiempo?

—No. Solo dijimos que, si pasaban los años y nos dábamos cuenta de que seguíamos queriéndonos, intentaríamos retomar el contacto. Años después le es-

— 174 —

cribí una carta, pero nunca obtuve respuesta. Quizá no la recibió.

Sabía de qué carta hablaba, de la única firmada con sus iniciales. Le confesé que la había leído y, en vez de ruborizarse, me dijo que la hacía muy feliz que Mariana la hubiera guardado, aunque no llegase a contestarle. Mi madre siempre había valorado la valentía y, por lo que me estaba contando Helen, comprendí por qué Mariana nunca le contestó.

Mientras paseábamos por el Retiro hablamos de Lisboa, una ciudad a la que siempre quisieron ir juntas. A Mariana le fascinaba por los libros de Saramago, y le había contagiado a Helen su entusiasmo. Por eso no le sorprendió enterarse de que se había marchado a la capital lusa.

Cuando Helen enumeró algunos de los libros que se intercambiaron, recordé que había dicho que hacía treinta y tantos años que no se veían. Todo lo que me estaba contando era de principios de los ochenta.

—Perdona, Helen, ¿volvisteis a veros?

—Mmmm... Sí, eso es lo que iba a contarte. —Justo en ese momento me señaló el Palacio de Cristal—. Mira, a Mariana le encantaba.

Pasaron seis o siete años sin saber nada la una de la otra. Helen ya trabajaba en el Ritz y Mariana era profesora titular en la Universidad de Lisboa.

—Cerca del Ritz hay una cafetería, el Café Gijón, famoso por sus tertulias en el siglo xx. A tu madre y a mí nos gustaba porque había mucha historia en sus paredes. Desde el hotel está a diez minutos andando, y algunos días, después de comer, voy a tomarme el café allí.

Los bares con solera parecen destinados a crear encuentros, casualidades o anécdotas. No se puede vivir algo apasionante en un McDonald's. Hay que pisar suelos de azulejo antiguo y tocar barras de madera. Me refiero a esos locales pequeños con baño sin espejo y dedicatorias de amor grabadas en la puerta. No puede haber romanticismo en un lugar con luz blanca mientras te llaman por megafonía para que vayas a recoger la bebida. Tiene que haber poco espacio, que cueste llegar a la barra y, de camino, cruzarte con tres o cuatro miradas que te pidan permiso para pasar. En los bares hay más historias de amor que en las apps de ligues, porque, entre que te tiran la bebida y te cuelas en el baño, siempre ocurre algo interesante. En la trama está la fantasía y, en el desenlace, muchas veces, la decepción.

Mariana tenía predilección por los locales antiguos, los antros, todo lo que tuviera historia, por eso no me extrañó que el Café Gijón fuera uno de sus lugares favoritos. Lo que no me imaginaba era que se hubieran encontrado allí por casualidad durante uno de los viajes que mi madre hizo a Madrid por trabajo.

—Al entrar, noté la cafetería distinta. Mientras buscaba una mesa, sentí un escalofrío. Tuve que mirar más de una vez y frotarme los ojos para asegurarme de que la persona a la que estaba viendo era Mariana.

—¿En qué año fue eso?

—Principios de 1987. Hacía frío. Recuerdo que yo llevaba un abrigo de lana de color rojo muy llamativo, así que no podía sentarme sin que me viera, pero mi cuerpo no estaba por la labor de salir de allí. De hecho, no me lo pensé dos veces y me acerqué a su mesa. Tu madre estaba repasando unos folios, haciendo anotaciones en los márgenes con un bolígrafo. No me vio hasta que llegué a su lado y dije: «¿Mariana?».

Por aquel entonces, Helen estaba casada, y su hijo Mateo ya había cumplido los tres años. Sin embargo, de forma recurrente, en sueños se colaba en otra vida, en una que no se permitió tener, una en la que se reía a carcajadas en un coche, de camino a la playa. Durante esos años, muchas veces se imaginó ese encuentro, pero, aunque uno intente prepararse para ese momento, no sirve de nada.

La imaginación es real: cuando nos montamos escenas en la cabeza, somos capaces de movernos por ellas. No obstante, el poder de decisión que adoptamos hace que la realidad la supere. Porque, en la mente de Helen, mi madre se acercaba y la abrazaba, le decía que la había

— 177 —

echado de menos y se mostraba cariñosa. Sin embargo, la determinación real, aquella que hacía que su ficción fuera solo eso, se impuso: Mariana se levantó de la silla y, con dos besos, dio el saludo por finalizado. Ante esa frialdad, Helen supuso que estaba protegiéndola. Y aunque en un primer momento intentó irse, acabaron sentándose juntas para tomarse un café. No hubo reproches, y en pocos minutos volvieron a ser lo que hacía tantos años que no eran. Las miradas no se podían disimular: seguían oliendo igual, las voces eran las mismas y se reían recordando algunas anécdotas.

—Catalina, volver a ver a tu madre fue olvidar el miedo. Me sentí como si estuviera en caída libre. Intentaba acercarme a ella como una quinceañera que pretende rozar las rodillas por debajo de la mesa para provocar. —Parecía una niña contándome que le gustaba una compañera de clase—. Tenía un aire intelectual, parecía haberse convertido en la mujer que siempre había querido ser. Y esa tarde me atrapó la seguridad que proyectaba.

Al acabarse el café, caminaron por el paseo del Prado como si no hubiera pasado el tiempo. Esa tarde Helen tenía que trabajar en el hotel, así que fueron juntas hasta la puerta.

—Le pregunté si debía volver a la universidad. Cuando me respondió que tenía la tarde libre, no pude desaprovechar esas horas que podía pasar a su lado. Su vuelo

— 178 —

salía esa noche, y solo eran las cinco de la tarde. Sentía su calor y su frío al mismo tiempo. Y todo lo cobarde que fui años atrás se volvió valentía en ese instante. Le pedí unos minutos. En recepción vi qué habitación estaba libre, cogí la llave maestra y le dije que me acompañara.

—¿Cómo? Ante esas situaciones, ella no podía negarse. La adrenalina era lo que más la encendía.

Por mucho que me hubiera imaginado lo que había pasado entre ellas, no daba crédito a lo que estaba oyendo. Era conmovedor y apasionante escuchar lo sucedido por boca de una de las protagonistas de la historia.

Perder una batalla no significa rendirse. ¿Merece la pena volver a luchar en una batalla perdida? Si el asalto aparece de nuevo, quizá no estaba olvidado… Contra todo pronóstico, tener el valor necesario para ponerse en primera fila nos hace ganar el conflicto.

Cuando Mariana y Helen cogieron un ascensor hasta la cuarta planta sin pensar en las consecuencias de sus actos, entregándose al deseo, se convirtieron en dos mujeres logrando una victoria. Al cerrar la puerta de la habitación 401 fue como si estuvieran de nuevo en el dormitorio de Luis mientras todos se iban al Penta. Olvidaron todo lo demás: el matrimonio, la distancia, el rencor y el miedo. Recuperaron la voz en el oído, las manos presionando la espalda, sentirse incapaces de separar un cuerpo del otro y perder la mesura.

A veces nos unen pasiones y deseos; otras tantas, heridas y anhelos. Pero entregarse sin defensas a la pasión transforma un rayo de luz en fuego.

No necesitaron hablar, solo sentirse de nuevo. En unas horas, Helen se dio cuenta de que tenía delante al amor de su vida, a ese que dejó escapar, y decidió que no quería volver a perderla. No pudo abandonarlo todo cuando Mariana le pidió que se escaparan juntas, pero en ese momento podía llamar a Julio, decirle que quería separarse y mudarse a donde ella quisiera.

—Pero no todo es tan fácil, Catalina. Tu madre creía en la libertad y la valentía. Y yo no supe ser valiente ni vivir en libertad. Mariana se había marchado de Madrid para empezar de cero, y durante esos años disfrutó de su sexualidad y...

—¿Y...? ¿Qué pasó? —Su gesto cambió, parecía no querer contarme algo.

—Pues... —Se puso a reír mientras negaba con la cabeza, indicando que no me iba a decir nada más—. Hay cosas que no sé si contarte.

—Bueno, si son privadas, no hace falta que sigas.

Lo pensó un instante y, mirándome a los ojos, dijo:

—Quizá te conocí antes de lo que imaginas... —Se quedó en silencio y la animé para que me explicase a qué se refería—. Cuando le dije a tu madre que estaba decidida a dejarlo todo, que ya veríamos cómo lo gestionába-

— 180 —

mos, pero que esa noche me iba con ella, se negó. Habían pasado muchos años. Había logrado una estabilidad en Lisboa, tanto a nivel laboral como emocional. Y lo más importante: estaba embarazada.

26

Mi nombre

En aquel instante sentí que no solo estaba conociendo la historia de mi madre, sino también la mía. Florecían en mí viejas y nuevas emociones, una mezcla de conmoción, asombro y sosiego. Mi madre ya no podía despejar mis dudas, defender su postura ni explicarme con sus propias palabras lo que acababa de contarme Helen.

Mi perplejidad empezó a quebrarse y rompí a llorar con una rabia desproporcionada al amor que Mariana me había dado. Pensaba que podía haber tenido otra figura materna, haberme criado con un hermano y tener una familia.

Helen no me dejó seguir con ese discurso. Me abrazó y me aseguró que Mariana siempre fue fiel a sus sentimientos. Si no quiso que la acompañase a Lisboa fue porque ya había tomado su camino. Aunque el amor entre ellas continuara intacto, no siempre era lo fundamental. A mi madre no le importaban las reglas, los rumores ni las normas. Y, por supuesto, no dudaba de que la mejor familia que pudo darme fue ella misma.

—¿Qué buscabas con todo esto, Catalina? —me preguntó.

—Todo lo que no me contó. Durante este tiempo me he dado cuenta de que me estaba buscando a mí. Las respuestas siempre han sido las que ella me dio en su momento.

Al morir mi madre, me quedé sola. Únicamente tenía ese eslabón, y necesitaba encontrar otro que no fuera Fabio. Por eso fui a la residencia de mi abuela, aunque no tuviera el valor necesario para verla, y también a la casa en la que creció Mariana. Después de conocer sus luces y sus sombras, su amor y su duelo, solo quería tenerla delante para decirle que fue una mujer valiente, con coraje, y que me dio lo más valioso del mundo: amor y tiempo. Me sentía mal por comportarme de una forma tan egoísta.

Continuamos paseando hasta llegar a una terraza del Retiro en la que nos detuvimos a tomar algo. Helen había cancelado sus reuniones para pasar más rato conmigo y disponer de tiempo para contarme lo que yo necesitara saber o, al menos, hasta donde ella sabía.

Después de la tarde que pasaron en el hotel, no se

vieron más ni retomaron el contacto. Fue la última vez. Aquel día mantuvieron una conversación que les permitió entender que sus caminos ya no volverían a cruzarse. A veces solo hay una oportunidad, y la suya ya había pasado. «El tiempo no vuelve», dije en voz alta, y ella asintió.

Antes de despedirse, Mariana le dijo a Helen que no sabía qué nombre ponerme, pero que tenía claro que sería niña. En una servilleta de la habitación anotó las opciones para enseñárselas. Era el papel que guardó en una de las cajas y que yo, treinta y siete años más tarde, encontré en la casa de la rua da Padaria.

—¿Sabes qué? Fui yo la que rodeó «Catalina» —dijo Helen—. Si no recuerdo mal, las otras opciones eran Frida, Isabela... ¿y?

—Aura —contesté.

Pedimos una cerveza y algo para picar. Eran las tres y media, necesitábamos darnos una tregua. Estuvimos hablando de mi trabajo, de cuando conocí a Fabio y de cómo era vivir en Lisboa. La vida de Helen había sido fructífera, pero jamás volvió a encontrar el amor. Su relación con Julio, un hombre de clase alta que vivía por y para su trabajo, no la hizo sentirse realizada. Cuando se separaron, tuvo una aventura con una mujer. Se ruborizaba al contarme cosas que no sabía nadie, ni siquiera su hijo.

— 184 —

—¿Sabes? Tienes la mirada de tu madre —dijo con los ojos húmedos—. Nunca pensé que pudiera sentirme cerca de ella de nuevo. Y mucho menos de ti. Gracias por buscarme y tener el valor de venir a verme. Revivir nuestra historia ha sido como volver a los veinte años y pensar que todo es posible.

La vida ocurre mientras intentamos vivir, pero no somos capaces de hacer nada para que algo suceda. Podemos colocarnos en un sitio u otro, pero no sabemos lo que acontecerá. Muchos dicen que el destino está escrito, otros hablan de la energía que proyectamos y algunos aseguran que venimos con una vida a la espalda. Sin embargo, algo tiene que haber para que las cosas nos sorprendan. Cuando menos te lo esperas, puede suceder algo que marque un antes y un después. Y no podemos controlarlo todo. Protegernos de la vida nos la niega. La vida ocurre, aunque podemos imaginarla o recordarla. Ojalá, mientras suceda, nos pille dispuestos a vivirla.

Las historias de amor saben mucho de eso. El peor duelo en una ruptura no es el del presente, sino el que implica derribar un futuro construido. Mariana supo crear una nueva vida por encima de los recuerdos, pero Helen siguió pensando que hubiera sido más feliz en otras manos, en unas que tuvo cerca pero no pudo sujetar. En cierta forma, con su hijo palió esa carencia y, cuando nos vimos, recuperó las ganas de disfrutar de la vida.

Por eso le mostré algunas apps para conocer gente.

—Podrías hacerte un perfil y tener citas de vez en cuando.

Helen era una mujer muy elegante: tenía una melena impecable, se cuidaba mucho y vestía ropa de calidad. Le dije que primero tenía que elegir si buscaba a un hombre o a una mujer. Entre risas, respondió que ya había tenido suficiente con pasar treinta años casada con un hombre y que le apetecía disfrutar de verdad.

Cuando nos levantamos de la terraza, la acompañé al hotel y, de camino, me estuvo hablando de algunas zonas de Madrid.

—¿No has pensado en mudarte aquí? Quizá podrías encontrar el eslabón perdido… —dijo mientras nos despedíamos con un abrazo.

—Seguro que volvemos a vernos. Gracias por todo, Helen.

27

Los hemisferios

De camino al hotel pensé que me bastarían cinco minutos con Mariana para abrazarla y decirle lo mucho que la echaba de menos. La muerte no solo nos priva de la presencia; a veces también nos niega el consuelo.

Envidiaba tanto a los creyentes... Cuando cumplí los doce años me regalaron una bola del mundo de esas que puedes girar una y otra vez, y yo la encendía por la noche. Su luz era muy tenue, de un azul apagado, pero dejaba ver los países con claridad. Una tarde, sentada en la alfombra del salón, mi madre se acercó a mí mientras yo le daba vueltas a la Tierra. «No todo está ahí. Ni todo tiene nombre». Me explicó que el ecuador divide el planeta en dos hemisferios, dos mitades de una esfera separadas por una línea que pasa por el centro. «Pero no todo está ahí —me aseguró—, hay mucho más. Todo lo que se puede tocar o recorrer es como el cuerpo, pero ¿y lo que sentimos? ¿Y lo que echamos de menos, lo que nos da miedo, lo que nos inspira? Eso no tiene peso ni distancia». Era imposible encontrarlo en mi bola del mundo.

Desde que mi madre dejó de pisar la Tierra, entendí muchos de los aprendizajes que intentó transmitirme en vida.

El cuerpo es como un trozo de Tierra, lleno de ríos, mares y montañas, unas más altas que otras. Cuando se acerca la noche, nos quedamos a oscuras y en silencio, a no ser que aúllen las lobas. Amanece con el trino de los pájaros, con los buenos días de la persona que duerme a tu lado. Somos esa tierra fértil en la que crece la hierba, pero necesitamos que nos cuiden para florecer. Tenemos miedo, porque hay precipicios. Echamos de menos, porque las rocas se erosionan. Rompemos a llorar y llueve, a veces incluso truena. Y en esos islotes de pocas hectáreas que están en medio del mar, esos a los que ni siquiera merece la pena ponerles nombre porque no hará falta pronunciarlo, guardamos nuestros secretos.

En una de esas pequeñas islas encontré a Helen. Sin querer, hizo que mi Tierra tuviera un nuevo lugar en el que sentirme en casa.

— 188 —

El cerebro también cuenta con esa división: está formado por dos hemisferios que controlan las funciones sensoriales y motoras. La teoría dice que las personas metódicas usan más el izquierdo. Por el contrario, si tienden a ser más creativas y artísticas, utilizan más el derecho. De nuevo, no todo está ahí. Hay inspiración e intuición, y no todo lo que queremos recordar se encuentra en la memoria.

Un día leí un artículo en una revista que guardaba Fabio que hablaba sobre una zona desconocida de la cabeza, y le encontré sentido a todo lo que Mariana me hizo valorar. Se conoce como el lóbulo de las 5C: comer, la saciedad y el hambre; comportarse, la respuesta emocional a las situaciones que vivimos; copular, la excitación sexual que, aunque seamos madres, sigue dándose; y las dos más importantes en el momento en el que yo me hallaba: clan y conmemorar, el instinto materno y la memoria.

Entre lo terrenal y lo cognitivo, Mariana siempre quiso enseñarme que había algo más gracias a lo cual podríamos sentirnos cerca. No tendría nombre, pero sabría llegar hasta allí cuando quisiera encontrarlo. Durante ese paseo descubrí ese tercer hemisferio que no recogen las enciclopedias ni los manuales de biología, pero ahí pude abrazarla.

28

E. C.

Fabio parecía tranquilo cuando abrí la puerta de la habitación. Me esperaba sentado a la mesa que estaba junto a la ventana. En cuanto me vio, se levantó a abrazarme y me preguntó si me apetecía dar un paseo y contarle lo que había pasado. De pronto, rompí a llorar. Las lágrimas brotaban con sollozo y alegría, era un llanto difícil de clasificar. Me abracé a él mientras le decía que estaba bien, porque todo lo que Helen me había contado era amor. Y por amor no se llora. Los que defienden el llanto como una forma de expresión es porque han llorado más de lo que deberían. Por amor se ríe, se grita y se brinca, pero no se llora. Mis lágrimas definían la impotencia que sentía al no haber podido escuchar esa historia de boca de mi madre. Necesitaba aprender a ser más valiente, a no arrepentirme por no haberlo intentado y averiguar si quería volver a ver a esa mujer.

Salimos a dar un paseo. Le conté a Fabio cómo era Helen y le relaté todo lo que me había dicho. Era una historia más, pero se la expliqué con orgullo. Sí, esa había sido mi madre, la que amó por encima de las normas y la que decidió seguir su historia, que también era la mía, en otra ciudad y sola. La que no dio una segunda oportunidad porque ya era tarde. Pero casarse con un hombre o entrar en un convento, como tantas tuvieron que hacer, no era de cobardes. «¿Eres un tebeo?» era la pregunta con la que las mujeres se reconocían entre ellas en los años en que la homosexualidad estaba perseguida.

Helen tuvo que casarse con un hombre: cedió su manera de sentir y su cuerpo, y dejó escapar al amor de su vida. Por su parte, Mariana abandonó su ciudad natal, se distanció de su familia y se alejó de Helen. No fueron culpables ni cobardes, solo víctimas de un régimen que no solo les arrebató la libertad, sino que les infundió miedo. Y, para ser libres, no hay que tener miedo a nada.

Mientras le hablaba del romance entre mi madre y Helen nos reímos, me puse nerviosa al llegar a los momentos álgidos, me emocioné y a veces me quedaba callada hasta que Fabio me animaba a seguir. Me había regalado recordarla viva al dejar una caja con notas que quizá le hubieran pasado desapercibidas a otro hijo, pero

— 191 —

a mí me educó en la curiosidad y la pasión, y eso me llevó hasta la persona que se escondía tras las siglas E. C. A lo mejor solo tenía que decirle que nunca la olvidó, aunque ella no me lo pidiera, porque nadie guarda lo que ya no le importa.

29

La felicidad

Cuando empezó a atardecer, vimos en el teléfono que habíamos recorrido catorce kilómetros por el centro de Madrid, así que volvimos al hotel para cambiarnos y salir a cenar. Nos duchamos juntos entre risas y provocación. Hacía mucho que no me arreglaba, así que cogí el maquillaje y el pintalabios rojo del neceser. Parece que, durante el duelo, no está permitido ponerse atractiva, usar colorete o disfrutar de la pareja, pero tenía que aprender a vivir con la ausencia de mi madre, así que esa noche comprendí que la pena no haría que la sintiera más cerca.

Esa mañana Fabio se había encargado de buscar en internet un buen restaurante que estuviera por la zona. Cuando llegamos, teníamos reservada la mejor mesa. En cuanto nos sentamos, vi que había un papel doblado junto a un jarrón de flores secas. En él ponía: «Por el amor libre».

—¿Y esto? —pregunté sosteniendo la nota.

—Bueno, le pedí al camarero que me hiciera el favor de dejar en la mesa el motivo de nuestra celebración. Ha sido muy amable al ponerlo —contestó cogiéndome la mano.

—¿«Por el amor libre»?

—Sí, Cata, por Mariana y Helen. Y por ti y por mí. Porque nos merecemos el amor, pero, sobre todo, elegirlo libremente.

Pedimos todo lo que se nos antojó. Por fin había recuperado el apetito, y además llevaba mucho tiempo sin disfrutar de una cena tranquila con Fabio.

Olvidamos lo básico y complicamos lo sencillo para tratar de conseguir lo que nos hace felices. Durante la cena disfruté viendo a Fabio leer la etiqueta del vino como si fuera un sumiller. El mundo contemporáneo tiene unas expectativas exageradas respecto a la forma de alcanzar la felicidad, y la mayoría huimos del aburrimiento. Es como si, para ser felices, necesitáramos tirarnos en paracaídas o viajar a Tailandia. La felicidad está más cerca de lo que creemos. Stendhal dijo: «Hay que saber lo que te hace feliz y convertirlo en hábito». En mi caso, para ser feliz solo necesito sensibilidad, vino barato, buena música y memoria para emocionarme con todo lo que me resulte bello, seguir yendo a conciertos de grupos que no conozco y convertirme en su seguidora número uno cuando acaban, dejar de preguntarme por qué me he tomado dos copas de más y recordar a mi madre cada día.

Cuando terminamos de cenar, hablamos de cómo nos sentíamos, y sacó el tema de su trabajo. Me leyó uno de los últimos artículos que había escrito en el periódico sobre un programa de citas exprés y me dijo que su crítica había revolucionado las redes.

Necesitábamos volver a casa y hacer como si todo siguiera en su sitio, aunque una parte de mí estuviera rota. ¿Acaso no somos más valiosos cuando nos levantamos después de una caída? Es lo mismo que sucede con esas piezas japonesas que se reparan con polvo de oro: su valor radica en aceptar lo que se ha roto como parte de su historia. No hay que disimular grietas o cicatrices: deberíamos remarcarlas y convertirlas en algo bello.

Ya no nos quedaba mucho más que hacer en Madrid, así que, al llegar a la habitación, hicimos la maleta para salir temprano hacia Lisboa al día siguiente.

30

Catalina

De vuelta a Lisboa, estuve mirando el paisaje que separaba las dos ciudades en las que vivió Mariana. Sonaba música de piano mientras Fabio jugaba con las manos en el volante, como si tocara las teclas. ¿Cómo hubiera sido mi vida si hubiese nacido en otra ciudad, si las decisiones de mi madre hubieran sido otras? Porque nací como respuesta al rechazo, más bien al amor propio. Tuve una infancia feliz, rodeada de cuidados porque estábamos solas, y tanto la diversión como la protección se multiplicaban por dos, pero venían de la misma persona. Durante la adolescencia, como toda quinceañera, tuve mi época rebelde: empecé a vestir de negro y a jugar a juegos de rol con un grupo de amigos de los que después no he sabido nada. De esos años guardo a mi amiga Natalia.

Tras la muerte de mi madre, cada noche me escribía para preguntarme cómo estaba, pero no le contesté como debía, tal vez porque sabía que era de las pocas personas que me conocían lo suficiente como para entender que, en los malos momentos, me vuelvo hermética y es difícil acceder a mí.

Al llegar la etapa universitaria, aunque me fascinara la economía me costó encajar en Administración de empresas, pues el perfil de los estudiantes no tenía nada que ver conmigo. En casa tenía todo el ocio que necesitaba: los compañeros de mi madre se convirtieron en mis amigos, y Mariana era mi confidente, mi amiga y mi madre. Cuando terminé la carrera, tuve la suerte de encontrar un trabajo en el que, si superaba con éxito las prácticas como becaria, me ofrecerían un contrato indefinido y formaría parte de la plantilla. Al principio le tuve que explicar una y otra vez a Mariana en qué consistía hacer presupuestos y valorar resultados trimestrales usando distintas variables. Creo que no llegó a entenderlo, pero la hacía feliz que abriera la puerta entusiasmada y le contase que había funcionado algo que había planteado para reducir los costes.

Durante el primer año en la empresa conocí a un chico que trabajaba en unas oficinas externas con las que a veces colaborábamos. Fue todo pura pasión, diversión y locura, pero no llegó a nada más, aunque estuvimos casi un año viéndonos en su casa. Se llamaba Pierre, un francés enamorado de Lisboa que decidió mudarse con sus dos gatos a la capital lusa cuando lo echaron de su trabajo en Marsella. Tenía un piso muy pequeño en La Baixa, el barrio más céntrico y animado. Dejamos de vernos cuando nos dimos cuenta de que, después de esos meses, solo nos habíamos visto en su piso y un par de noches que salimos a cenar. Sabíamos muy poco el uno del otro; realmente, esa relación no nos interesaba.

Para conocer a alguien hay que estar dispuesto a escuchar, pero, sobre todo, tener ganas de contarle a esa persona quién eres, algo que tú ya conoces de sobra.

Esa relación se esfumó sin dolor ni herida. Seguimos coincidiendo en reuniones, lamentando mucho algunos encuentros en el baño que prometíamos que sería la última vez.

A los tres años de estar en la empresa como gestora de presupuestos me propusieron un ascenso, pero tenía que irme a vivir a Oporto, pues iban a ampliar la zona y querían a alguien que conociera el sistema.

Mariana ya había empezado con los descuidos. En unas semanas teníamos la primera cita con el neurólogo. Ni siquiera le hablé de la propuesta que me habían hecho. Tenía claro que no era el momento. Por otra parte, jamás hubiera permitido que me quedase.

Entonces ¿qué más daba si, en vez de nacer en esa ciudad, hubiera sido en otra? ¿O que Mariana hubiese tomado otras decisiones? Me estaba planteando suposiciones irreales. La vida está bajo los pies, no encima de la cabeza.

Cuando decides algo por una circunstancia externa, sabes que tarde o temprano te preguntarás si fue lo correcto. Si hiciste bien al no coger el avión durante aquellas vacaciones de verano porque tu amiga no podía acompañarte y te daba miedo ir sola. Si estuvo bien no seguir con esa persona que sacudió tu mundo porque vivía a quinientos kilómetros y hubiese supuesto una difícil relación a distancia. Si deberías haberte ido de la fiesta cuando se fueron todos. O si cambiar de ciudad, cuando tu madre insiste, es lo correcto. Pero igual que en ocasiones no somos responsables de todos nuestros problemas, sí lo somos de las decisiones que tomamos. Y así me reafirmaba en que no hubiera sido buena idea separarme de mi madre.

Mientras dirigía a Fabio por las afueras de Madrid, sentí que quizá era el momento de salir de Lisboa, dar sentido a la huida de mi madre y transformarla en reconciliación, volver a su ciudad porque el amor de su vida me había empujado a hacerlo y acompañar a Mercedes, mi abuela, durante el poco tiempo que le quedaba.

Desde que Mariana falleció, todo había girado en torno a ella —sus notas, su amor, su legado—, y me había olvidado de cuidar todo lo que giraba en mi vida.

Tras averiguar tantos detalles que no conocía, entendí que gran parte de la seducción está en no concluir la escena y dejar que las cosas sucedan porque sí. La pasión que había en esa vida que acababa de descubrir le faltaba a la mía.

Durante unos segundos abandoné la idea de intentar saber lo que iba a ocurrir, dónde iba a vivir y a qué dedicaría tantas horas al día en el trabajo.

Quizá fue la lluvia que empezaba a caer, la canción que sonaba en ese momento, el brillo que me daba en los ojos de la pulsera de Fabio o el hecho de que, por primera vez después de mucho tiempo, llevara el pelo recogido con una gomilla rosa, pero algo me empujó a decir:

—Me gustaría irme a vivir a Madrid.

31

Ida y vuelta

Una vida.

Dos casas. Flores. Vino. Mudanzas. Lisboa. Preguntas. El nombre en el buzón. Su risa. Huidas. Una mujer. Objetos perdidos. Ida y vuelta. Alfama. Incertidumbre. «Si me necesitas, silba». «El tiempo no vuelve». Preguntarme por qué. Copas rotas. Soledad. Una carta. Fabio. El amor. La historia. Madrid. Empezar de cero. Trayectos.

Silencio.

El olvido. Los olvidos. Mi madre. Mi madre. Mi madre. Su muerte.

Otra mudanza.

Otra vida.

Si nos dieran la oportunidad de elegir las palabras

que marcan nuestra vida, sería como hacer un resumen, pero más detallado que diciéndolo en voz alta en una charla con un conocido. Para algunos es más fácil ser escuetos que tener la libertad de un folio en blanco o la del espacio-tiempo.

La palabra conlleva una síntesis de su significado, más aún si se une al interlocutor que la emite.

—Me gustaría irme a vivir a Madrid —dije en voz alta.

Al tiempo que se producía el silencio más incómodo de nuestra relación tras soltar mi propuesta, Fabio se quedó inmóvil, mirando fijamente la carretera sin decir ni una palabra, así que me puse a observar el horizonte por el retrovisor. En esos minutos me di cuenta de que pertenezco a esa clase de personas para las que decir «No te vayas», «Necesito que me acompañes» o algo que comprometa a alguien a cuidarme es una derrota.

La manera en que le transmití a Fabio mi deseo de irme a Madrid no fue correcta: en ningún momento le hice partícipe del plan. Al menos, en vez de afirmarlo, podría haber mostrado algo de indecisión y la necesidad de consultarlo con él.

Detrás de la frase «Me gustaría irme a vivir a Madrid» había un discurso mucho menos codicioso y egoísta de lo que parecía. En realidad, lo que quería compartir era que, tras todos esos años en los que me había sentido incapaz de alejarme de mi madre, me culpabilizaba por la sensación de libertad que tenía en ese momento, como si me hubiera quitado un peso de encima, algo que les ocurre a la mayoría de los cuidadores después de asistir a un enfermo durante mucho tiempo. Solo podía combatir ese síndrome que llaman «del cuidador quemado» marcando un antes y un después de la marcha de Mariana. Y, sin duda, lo que escondía aquella frase era una propuesta para irnos juntos. Pero no fui capaz de verbalizarlo ni de rectificar cuando vi que Fabio se quedaba callado, consciente de que le había dolido pensar que no contaba con él, después de estar a mi lado en los momentos más difíciles de mi vida. De repente, algo me hizo abrir la boca.

—Quería decir…

No me dejó terminar la frase.

—Ya sé lo que querías decir, Catalina, pero nunca lo dices.

—Creo que puede ser un buen momento para cambiar de aires y empezar de nuevo juntos —añadí mientras le cogía la mano que tenía apoyada en la palanca de cambios.

—No es tan sencillo —dijo con una expresión bastante adusta.

—Por supuesto, no sería de inmediato. Tenemos

nuestros trabajos allí. Si nos vamos de Lisboa, me gustaría alquilar la casa de mi madre.

—Lo primero es saber si quieres que vaya contigo, ¿no?

Al preguntarme eso, imaginé lo duro que tuvo que ser para Mariana irse de su ciudad, pues esperaba que la persona a la que amaba le propusiera huir juntas. Y no ocurrió. Me di cuenta de que, de alguna manera, reconciliaría a mi madre con su dolor en un mismo recorrido, pero haciendo la trayectoria inversa. Y no sería una huida, sino amor. Encontrar algo de ella en Helen era amor; conocer más sobre la relación de Mariana con Mercedes era amor; volver a la ciudad que ella abandonó era amor. Y, cómo no, hacerlo junto a Fabio era amor.

—¿Sabes? Siempre me has recordado al mar: bravo e inmenso, pero me aportas calma y brisa al mismo tiempo. Desde la primera vez que nadé en esas aguas, no he querido salir de ellas. Y Madrid, mi amor, no tiene playa —dije.

32

Madrid

Me quedé dormida hasta que cruzamos el puente de Lisboa. Desde allí podían verse las mesas amarillas del restaurante Ponto Final.

—Cariño, busca las llaves del garaje. Estarán en algún bolsillo de la mochila —dijo Fabio con voz calmada para no despertarme de golpe.

—¿Ya estamos por tu puente?

—Sí, ya se ven las mesitas amarillas.

Era un lugar muy especial junto al río que Fabio adoraba, el punto más sobrecogedor para contemplar el atardecer en Lisboa.

¿Sentirán envidia los amaneceres? La caída del sol es siempre la protagonista del día, incluso hay lugares en los que se aplaude cuando se oculta tras la línea del horizonte. Pero ¿por qué? Quizá sea porque asociamos el amanecer a trabajar, a las obligaciones. Y con el atardecer, comienza el tiempo libre. Cuando empieza el día, todo es nuevo, todo está por explorar, y la incertidumbre se disipa con ese parpadeo del ocaso: mientras el sol se despide, pensamos que hemos vivido un día más, que hemos superado problemas o vivido alegrías. Por paz mental y sosiego, nos quedamos con el atardecer. Termina el día, queda poco tiempo para que algo pueda estropear ese día.

Sin embargo, en ese momento de mi vida quería vivir un amanecer tras otro. Había llegado la hora de abandonar lo conocido para que algo cambiase sin sobresaltarme.

Llegamos agotados a casa. Habían sido unos días duros, y la propuesta de irnos a Madrid nos había perturbado a los dos. Cuando llegamos al apartamento, me invadió una sensación extraña. Aún no estaba todo decidido, pero al entrar sentí que debía despedirme de ese lugar. Fabio se puso a sacar la ropa de las mochilas. No soportaba dejarlo para más tarde; nada más llegar, siempre deshacía las maletas, ponía una lavadora y colocaba el neceser en el baño. Al principio solo lo hacía con sus enseres, pero con el paso del tiempo empezó a molestarle que al día siguiente los míos siguieran sin guardar.

Mientras tanto, eché un ojo a la nevera y cogí el teléfono para pedir comida a través de una de esas apps desde las que puedes conseguir una hamburguesa americana, el falafel más árabe o una auténtica *francesinha* portuguesa.

Opté por un *poke* XL de salmón con *edamame*. En media hora estaría el repartidor en la puerta. Aproveché para tumbarme en el sofá y mirar las estanterías del salón, pensando en lo que me llevaría si al final nos mudábamos a Madrid.

Mariana me enseñó a no sentir apego por las cosas materiales. Mirando los estantes, me di cuenta de que allí no había nada indispensable que tuviera que llevarme a una nueva casa. Como le sucedía a mi madre, los libros y los discos no podría abandonarlos. Las mantas del sofá, los cojines, la mesa baja del salón, las figuritas que compramos en la feria de Ladra… No quería llenar un hogar nuevo con objetos pertenecientes a otras vivencias, ya fueran buenos o malos recuerdos.

Sobre todo, los espejos no vendrían conmigo. En un espejo hay más que la imagen reflejada del objeto que se coloca delante de él. Guarda el interés por saber cómo se nos ve desde fuera, un rasgo común entre los autores que describen su uso y sus posibilidades. Es también el simbolismo que Virginia Woolf utilizó para describir la visión de la mujer que se refleja a sí misma y a todo el universo cotidiano que la define en el cuento «La mujer en el espejo: un reflejo»:

No habría que colgar espejos en las habitaciones, de la misma manera que no habría que dejar una cartera abierta a la vista o conservar cartas en las que se confiese un horrible crimen.

Cuando el repartidor llamó al timbre, Fabio se sentó en el salón sin dirigirme la palabra.

—Siento haberte comunicado así mi intención de mudarnos a Madrid —me excusé.

—A veces creo que el amor me impide tomar mis propias decisiones. En parte estoy orgulloso de ello, porque sabes que iría a donde me dijeras. Pero al menos valora que lo hago por ti. Y, sobre todo, sé consciente de que somos dos —dijo—. El amor que sentimos por alguien nunca debe superar al amor propio.

—Tienes razón. No puedo justificar mis impulsos, mis días malos o mis cambios de vida porque mi madre haya muerto y yo haya descubierto una parte de ella que no conocía.

Llevaba demasiado tiempo exigiendo una atención desmesurada, como si lo único importante en nuestra vida de pareja fuera yo.

—No pasa nada, Cata. Estoy muy orgulloso de ti, de

— 208 —

cómo estás gestionando todo lo que ha ocurrido. Me encantaría acompañarte en esta aventura a Madrid.

—¿Me dejas que vuelva a intentarlo? —le pregunté, cogiéndole la mano.

—Sí, claro. Sé que sabes hacerlo mejor.

—Fabio, después de esta última visita a Madrid y de encontrar una parte de mi historia en esas calles, me gustaría que nos fuésemos a vivir allí. Creo que podemos ser felices en una nueva ciudad. ¿Quieres que lo intentemos?

—Sí.

De esa manera volví a conectar con una parte de mí que estaba olvidando: cuidar a Fabio, ese anclaje que me recordaba quién era. Y cómo me había enseñado a querer.

33

El alquiler

En Lisboa, los pisos se alquilaban a buen precio, y más por el barrio de mi madre. Para empezar una nueva etapa en Madrid y tener solvencia económica, lo mejor era arrendar la casa de Alfama.

Días más tarde, después del trabajo, fui a comprar productos de limpieza para empezar a recoger el piso. Al llegar, me di cuenta de que aún quedaban cajas por organizar y que debía deshacerme de algunos muebles para que quedara lo más agradable posible. Cuando encontré las cartas que me llevaron a Helen, lo dejé todo tal y como estaba, y no había vuelto a pasar por allí.

Al comentarle a Fabio que quería alquilar el piso de Mariana para tener ingresos en Madrid, me dijo que algunas inmobiliarias ofrecían un servicio de limpieza y decoración a cambio de poner el inmueble en su oficina al precio que ellos estipularan y llevarse una comisión cuando se alquilara, o encargarse de cortas estancias para ofrecerlo como piso turístico.

Al entrar en la casa y ver cómo estaba todo, estuve a punto de escribir a Fabio para pedirle el teléfono de la inmobiliaria. Sin embargo, me detuve: mi madre no hubiera querido que su casa se convirtiera en una fuente de quejas debido al trasiego de maletas en vez de por tener la música alta, en una cerradura que se abriera con un código de seis dígitos en lugar de con llaves, en muebles de Ikea sin memoria y un mapa de Lisboa encima de la mesa.

Con la ayuda de unos amigos, a cambio de unos vinos al terminar la tarea, llevamos los muebles que estaban en mal estado al punto limpio del ayuntamiento. Los que podían tener una segunda vida nos los repartimos entre nosotros. Cuando terminamos de recoger y limpiar cada rincón, hicimos fotos para subirlas a una web de alquiler de pisos.

Entre los muebles y los objetos de decoración encontré un monederito en el que mi madre guardaba monedas para cuando necesitaba suelto en casa: una propina para el repartidor si pedíamos comida a domicilio o para el butanero que venía a cambiar la bombona. Al abrirlo, entre los euros encontré una peseta. De alguna manera, siempre había un detalle que la unía al lugar del que escapó. Se hizo su propia patria mezclando azulejos con tapetes de croché, vinilos con fados de Amália Rodrigues y baladas de Joaquín Sabina, ristras de ajos en la cocina junto a latas de sardinas, incluso mezcló pesetas con escudos.

Al volver a nuestro apartamento, colgué el piso en la web y puse el alquiler a un precio razonable.

—¿Quién vivirá en la casa en la que me crie? —le pregunté a Fabio cuando nos acostamos.

—No lo sé, Cata. Cuando recibas mensajes de gente interesada, hazte un horario de visitas y allí vivirá quien tú elijas.

34

Los cuarenta

A medida que crecía, fui dándole menos importancia a la estabilidad laboral. Cuando era adolescente me agobiaba pensar dónde acabaría trabajando o si ganaría lo necesario para comprarme una casa. Con los años, empecé a valorar el tiempo. Trabajar se convirtió en un trámite para disfrutar del tiempo libre con una calidad de vida ajustada a mi sueldo. Perdí la ambición por dirigir una empresa o tener a mi cargo a todo el departamento de cuentas.

El lujo ahora consiste en acumular cosas: tener varios coches, aunque solo se use uno; muchos bolsos de marca, a pesar de que siempre lleves el más cómodo, que casualmente es de la tienda del barrio; tener más de un abrigo, un montón de relojes y el doble de zapatos. La abundancia se ha convertido en sinónimo de éxito. Sin embargo, tener mucho tiempo libre se ha asociado al fracaso, aunque es lo más lujoso que se puede atesorar.

Para Fabio, no era tan importante el dinero como sentirse realizado en el trabajo. Por eso dedicaba mucho tiempo a sus artículos y a asistir a eventos de periodismo, y apuraba hasta el último minuto en el periódico para lograr un ascenso. Desde que decidimos mudarnos a Madrid, no sabía cómo comunicarle a su jefe que quería dejar el trabajo y encontrar un puesto en España del mismo nivel o más alto.

Al día siguiente de recoger las cosas del piso de mi madre, Fabio se despertó temprano para prepararse un café y escribir un e-mail a su jefe solicitándole la temida reunión. Quería llegar a algún tipo de acuerdo, ya que su puesto era relevante y mantenía un buen trato con su superior. Yo sabía que, en mi caso, no me indemnizarían.

De camino a la cocina vi en el teléfono varias notificaciones de la web de alquiler en las que me informaban de las visitas que había recibido el piso y que varios usuarios lo habían marcado como favorito.

Empecé a escribir a los interesados de camino al trabajo, por si querían concretar una cita para verlo. El trayecto hasta la empresa era anodino: estaba cerca del polígono Pé de Mouro y, hasta que llegaba, me daba tiempo de leer, contestar e-mails o contemplar el paisaje. Me encantaba ver el cambio de las estaciones. La luz matutina me decía si era verano, con su claridad candente, y la oscuridad helada me indicaba el invierno. La primavera estaba llegando a su fin, cada vez amanecía antes, pero esa mañana estaba nublado, con una especie de calima que producía un bochorno y una humedad muy desapacibles. Por un momento pensé que quizá podría ser el último día en que hacía ese viaje si, al llegar, hablaba con la directora. A veces la vida te anima a tomar decisiones acondicionando el terreno para dar ese paso que tanto nos cuesta sin salir de la zona de confort. Al bajar del autobús, tenía ganas de entrar en el despacho para decirle que pensaba dejar la empresa. Me quedé en la puerta fumándome un cigarro. Vi entrar a la gente como soldados en una marcha militar, como si ninguno hubiera decidido ocupar cuarenta horas semanales en una empresa de gestión y presupuestos.

Mis prioridades habían cambiado, quería conocer mis raíces. Comprendí la necesidad que, a cierta edad, sienten las personas que han sido adoptadas en la infancia. Es una manera de consolidar su identidad o completar su historia. En mi caso, no era por biología, sino por encontrar respuestas.

Al entrar en el despacho, vi a mi jefa preparándose un café en la cocinita de la sala.

—Joana, cuando tengas un momento, me gustaría hablar contigo —dije.

—Claro, Catalina, dime —me contestó como si fuera a comentarle algo del trabajo y pudiésemos charlar mientras tanto.

—Será mejor que vayamos a tu despacho —sugerí.

—¿Va todo bien? —dijo acercándose para cogerme la mano.

En la empresa había más comerciales y técnicos que contables, así que no iba a sentarle bien que quisiera irme. No manteníamos una relación de amistad, pero hacía bien mi trabajo y era bastante resolutiva.

—Sí, estoy bien, pero me gustaría que hablásemos en privado —contesté con lejanía.

—De acuerdo, acompáñame.

Apuró el café mientras nos dirigíamos a su despacho. Cerró la puerta y acomodó una silla al lado del sofá. No quiso que nos sentáramos a la mesa, una delante de la otra, sino que buscó un lugar más acogedor, más cercano. Y eso lo complicaba todo aún más.

Es más fácil dejar un lugar al que sientes que no perteneces. Aunque no hubiera intimado con mis compañeros y me pasara el día haciendo cálculos en Excel, me costaba dejar una silla vacía. Nadie echaría de menos mi saludo matutino, pero quizá extrañarían mis anotaciones amables en cada e-mail, cuando algo no arrojaba los resultados esperados. No sabemos la huella que dejamos hasta que llega el momento en que decides marcharte.

—Me voy a vivir a España y quería comunicarte que dejo el trabajo.

—¿Cómo? Podemos negociar un aumento o un ascenso. Catalina, me dejas helada.

—Lo siento mucho, Joana, es un tema personal. No hay vuelta atrás.

—De acuerdo, hablaré con Recursos Humanos para que tramite los papeles —dijo mientras cogía el teléfono—. ¿No prefieres tomarte una excedencia?

Por un momento me planteé si la decisión de irme a Madrid sería la aventura de unos meses o era el lugar donde quería vivir. La excedencia no era tan mala opción...

—Gracias, pero no creo que sea cuestión de tiempo —contesté segura de lo que estaba haciendo.

—De acuerdo. ¿Podrías dejar unas notas o algún dosier con los objetivos del año?

—Sí, por supuesto. Me llevo el ordenador a casa y, cuando lo tenga todo listo, volveré para despedirme y dejar el material en la oficina —dije para que quedara claro que no iba a volver a trabajar en esas instalaciones.

—Me parece perfecto. Si quieres, pasa por la tercera planta y pregunta en Recursos Humanos por el tema del papeleo. Ya sabes que, si te vas por decisión propia, no cobrarás indemnización... —me informó con el sem-blante de jefa.

—Sí, lo sé. Gracias, Joana.

—De nada, Catalina. Espero que encuentres lo que estás buscando. Te deseo mucha suerte.

Se despidió con dos besos y me acompañó hasta la puerta.

Al salir, me sentí como si hubiera dejado una mochila llena de piedras en aquel despacho. Una de las chicas que me ayudaba con las subvenciones tenía la mesa al lado de mi puerta. Cuando entré, la dejé abierta y se asomó para preguntarme algunas dudas. Me encontró mirando las estanterías.

—Catalina, para calcular...

—Perdona, Sofía —la interrumpí—. Vengo de hablar con Joana, acabo de dejar el trabajo. Dame unos minutos.

Me miró asombrada.

—¿Te vas?

—Sí.

—¿Cambias de trabajo o de ciudad?

—De país.

Quizá pensó que dejar un trabajo fijo y mudarme a otro país era una locura. Haría tambalear nuestros ci-mientos, empezaríamos de cero a una edad en que la persona se debate entre quedarse para siempre o irse para no volver... Los cuarenta son como la línea de meta.

— 218 —

¿Cómo has llegado a los cuarenta?

¿Soltera? Algo has hecho mal, no es mala suerte.

¿Con dos hijos? Qué bien, así sí.

¿Un piso propio? Has alcanzado el éxito laboral o has recibido una buena herencia.

¿Cambiando de vida? Estás loca.

Sin embargo, todo ocurre por primera vez. Por suerte, siempre vamos hacia delante. Acumulamos experiencias y nos damos cuenta de que aún las recordamos todas. Pero no por ello dejan de aparecer nuevas oportunidades. Hacerse mayor no es un deterioro, es un logro. Solo hay una edad limitada: la niñez. A la infancia no debería corresponderle la muerte, la carencia, el lamento o la exuberancia. Solo la ternura y la fascinación. Durante la niñez no deberíamos ser conscientes de lo que es la vida. Pero cuando lo somos, no hay edades establecidas para nada. Y mucho menos para encontrar la salida.

35

Las visitas

«The secret of getting ahead is getting started».

«El secreto para avanzar es empezar». Estaba mirando la frase de Mark Twain escrita en una postal enmarcada que me regaló Fabio, situada en mi mesa de trabajo. Uno de sus primeros artículos aludía a esa cita, y nos daba fuerzas para emprender nuestros proyectos profesionales. Cuando acabé la jornada, le escribí para comunicarle que ya había hablado con mi jefa. Al instante recibí un mensaje en el que me decía que aún no había podido quedar con el director del periódico, pero que lo resolvería esa semana.

Para él era más difícil despedirse de Lisboa. En mi caso, no me sentía de allí. En realidad, no me sentía de ninguna parte.

Cuando llegué a casa y miré el correo, tenía varias peticiones para visitar el piso. Escribí a los que lo habían marcado como favorito y fijé una tarde para que lo vieran y entrevistarlos.

—¡Buenas, *mozinha*!

Aparté la sartén del fuego y me acerqué a la puerta.

—¿Qué tal ha ido la reunión con tu jefa?

Mientras colgaba el abrigo en la percha y se desataba los zapatos sentado en el sofá, le conté cómo me había ido la charla con Joana.

—Mañana intentaré hablar con mi director.

—Seguro que consigues un buen trato. Eres el mejor del periódico.

No se lo decía por amor, sino porque estaba segura: Fabio tenía una manera de escribir muy peculiar, sabía decir justo lo que quería transmitir.

—No soy el mejor, Cata —dijo entre risas—, pero me llevo bien con él. Por cierto, ¿han escrito para ver el piso?

—¡Sí! Iba a concretar una tarde para enseñárselo.

—Qué bien. Seguro que se alquila rápido. Es un buen piso a muy buen precio.

—Tengo ganas de ver los perfiles. Me han escrito dos o tres parejas sin niños, otra con un hijo y dos amigas.

Cuando terminamos de comer, Fabio se tumbó en el sofá a descansar y yo cogí el ordenador para concretar la cita al día siguiente con los interesados.

A media tarde, me sorprendió una llamada de Helen.

—¿Catalina? ¿Qué tal va todo? —me preguntó en cuanto descolgué.

—Hola, Helen, no esperaba tu llamada… ¿Todo bien?

—Sí, sí. ¿Cómo ha ido la vuelta a Lisboa? Espero que mi historia no te removiese demasiado… —comentó.

—Sí, tranquila, todo bien. Bueno, te seré sincera, un poco sí. En realidad, después de nuestro encuentro, decidí mudarme a Madrid.

—¿Tu pareja te acompañará? —quiso saber antes que nada.

Quizá para ella lo importante no eran los kilómetros, sino quién te acompañaba.

—¡Claro! Ya veremos cómo lo hacemos con los trabajos y el piso, pero queremos dar el paso juntos.

—Bueno, quizá pueda echaros una mano. Tengo muchos contactos. Él es periodista, ¿verdad? En el Ritz se celebran congresos de todo tipo. La mayoría los he llevado yo, pero seguro que alguien de comunicación nos viene bien.

—¿Sí? Te lo agradezco mucho. Cuando actualicemos los currículums, te los mando. Ahora estoy centrada en alquilar el piso de mi madre.

—¡Genial! Voy a escribir a unos amigos que alquilan apartamentos en Madrid, por si hay alguno libre. Y te mandaré mi correo en un mensaje para que me envíes los currículums. —La noté ilusionada—. No sabes cuánto me alegro, Catalina.

Helen era una mujer con muchos contactos, bien situada y muy amable. No era fácil encontrar piso en Madrid y, sin su apoyo, la tarea se complicaba aún más.

—Te llamo en estas semanas para contarte qué tal va todo. Muchas gracias, Helen.

—¡De nada! Ojalá podáis venir pronto. Un beso.

Al colgar, me quedé sonriendo con una sensación un tanto extraña. Me parecía increíble que ella nos ayudase a mudarnos a Madrid. Y más notar esa ilusión en su voz. Aunque aún me sorprendía más que parte de mi deseo de mudarme fuera querer tenerla cerca. No entendía por qué necesitaba a Helen en ese momento. A veces caemos en el peor de los juegos, juzgar lo que sentimos, como si hubiera una lista de lo que está permitido y lo que no. Todo lo que uno siente es válido, y más si hablamos de los sentimientos que nos hacen felices.

—¿Quién te ha llamado? —me preguntó Fabio desperezándose en el sofá.

—Helen. —Pronunciar su nombre en voz alta seguía resultándome extraño—. Le he comentado que nos mudaremos a Madrid y me ha dicho que nos echará una mano. Es una mujer increíble.

—Si tu madre se enamoró de ella, no me cabe duda.

A ver si me consigue un puesto en un periódico nacional y un piso en el centro por mil euros —dijo sabiendo que no sería fácil.

—Estoy segura de que hará todo lo posible.

Sabía que si Helen nos ayudaba, sería más fácil y rápido. Teníamos ganas de volver a vernos. Y si para que eso ocurriera debía buscarnos piso o trabajo, lo haría. Conocernos fue como cuando pierdes el cabo de una cuerda y, de pronto, el viento te lo deja en la palma de la mano. No fue sencillo dar con ella, pero el viento nos llevó a un lugar en el que hallamos algo que no habíamos buscado pero necesitábamos encontrar.

«El secreto para avanzar es empezar».

Debíamos planear bien todos los cambios que teníamos por delante. Tal y como le había dicho a Joana, no iba a volver a la oficina hasta que terminara de organizar los documentos que me había pedido. A la mañana siguiente fui a echar un último vistazo a la casa de Mariana para dejarlo todo ordenado, los interesados llegarían a partir de las cinco de la tarde.

La primera fue una pareja, Ricardo y Esperança, ambos de treinta y dos años y maestros de primaria. Fue una visita muy rápida porque tenían varios pisos agendados para esa tarde.

— 224 —

Después llegaron dos jovencitas de Oporto que, a partir de septiembre, iban a estudiar Fisioterapia en Lisboa, pero querían conocer la ciudad y mudarse en junio. Tuve claro que, con su edad, celebrarían fiestas en casa, y no quería que el piso se estropeara o que me estuvieran llamando cada dos por tres porque tuvieran problemas que no sabían resolver.

Cuando se fueron, me fumé un cigarro en la ventana. Las vi llamar a sus padres y oí que les decían que les había encantado el piso mientras saltaban alborotadas. En esos años te dejas llevar por la embriaguez del momento, crees que es posible estallar de felicidad. La juventud conlleva un sentimiento de inmortalidad que hace que nos lancemos a hacer todo lo que, de niños, no nos han dejado, y cuando crecemos nos damos cuenta del peligro que nos han evitado.

Mientras miraba a las chicas, vi llegar a otra pareja, un matrimonio mayor. Eran de un pueblo cercano a Coímbra y querían mudarse a Lisboa para estar cerca de su hija y sus nietos. Teresinha y Salvador estuvieron cogidos de la mano durante toda la visita. Buscaban más de una habitación, por si sus nietos se quedaban a dormir. Me contaron que se les haría extraño mudarse, pero que había un momento en la vida en el que solo se quiere estar cerca de la familia. Les comenté que, por un motivo parecido, debía alquilar esa casa para irme a Madrid.

Cuando se fueron, sentí que cuidarían muy bien del piso de Mariana, que volvería a haber niños, como cuando yo era pequeña, y que seguramente los fogones estarían cada día calentando un guiso de los que me preparaba mi madre.

Una de las parejas me canceló la visita; solo faltaba la del matrimonio con el niño, que avisaron de que se retrasarían diez minutos.

Los esperé en la puerta. Por las escaleras vi subir al padre, mientras que la madre y el niño llamaron al ascensor. Se veían los correajes moviéndose hacia la planta baja. Me extrañó que, siendo un quinto piso, no subiesen todos juntos.

—Buenas tardes. Rafael, encantado. —Me tendió la mano.

—Hola, soy Catalina. ¿Están subiendo o viene usted solo? —le pregunté.

En ese momento se abrieron las puertas del ascensor y salieron la mujer y el niño.

—Buenas, soy Clara y él es Tiago. —Se agachó para cogerlo de la mano—. Saluda, Tiago.

—Encantada, Catalina.

Al presentarme, les ofrecí la mano a los dos, pero el pequeño no dejaba de mirar al suelo. Era un matrimonio de cuarenta y pocos años, y el niño tendría unos seis o siete. Durante la visita, a sus padres les costaba cogerlo de la mano. Le iban enseñando cada estancia, pero él no dejaba de seguir las líneas de las baldosas y parecían asombrarle los interruptores.

—Es un piso muy agradable. Tiene mucha luz y las habitaciones son grandes —dijo Clara.

—¿Están buscando por la zona? —les pregunté por curiosidad.

—No, en realidad lo que buscábamos era una calle peatonal.

—Pero...

Iba a decirles que por la mía solo podían acceder los coches de los residentes cuando me interrumpió:

—¿No sabes que en verano la van a hacer peatonal? Ya lo han registrado en la ordenanza municipal.

—¿Cómo? —pregunté sorprendida.

—Llevamos meses buscando piso en las calles más silenciosas del centro. Hace un tiempo fuimos a preguntar a la oficina de Urbanismo si iban a peatonalizar alguna calle y nos dieron el nombre de varias, entre ellas la rua da Padaria, y ahora hemos visto tu anuncio.

—Pues me alegra saber que han encontrado lo que buscaban.

Después de charlar un rato en el salón, me di cuenta de que Tiago presentaba algún rasgo del espectro autista. De ahí lo de encontrar un piso en una calle con poco tráfico y menos ruido de lo habitual.

—Estamos en contacto, les escribiré mañana —dije.

—De acuerdo. La semana que viene iremos a ver otro piso, pero, si quieres, hablamos mañana.

Cuando me despedí de ellos, noté la diferencia, esa distinción que sufrí desde la niñez. Una familia distinta al resto, a lo normal. Era algo que mi madre y yo sentíamos a diario. Fueron muchas las explicaciones que tuve que dar para justificar por qué solo tenía una madre y por qué no éramos una familia normal. Seguro que a ellos les preguntaban cientos de veces por qué Tiago no hablaba como los demás. No hay palabra más innecesaria en el diccionario que «normal». Al calificar algo de esa manera, se excluye todo lo que no cumple los cánones.

No quise hacer referencia a nada que ellos no dijeran, pero al cerrar la puerta tuve claro que la nueva vida que quería darle a lo que fue mi hogar no era solo convivencia, sino también oportunidad. Y no me importaba que un niño destrozara los marcos de las puertas si con ello calmaba su desconsuelo o descubría a qué olía la madera.

Le mandé un mensaje a Fabio para decirle que había encontrado a los inquilinos perfectos para la casa de mi madre. En la mirada de Tiago intuí unos ojos parecidos a los míos, con miedo a que no lo entendieran, a tener que luchar para encajar. Solo los incomprendidos sabe-

— 228 —

mos identificarlo. Tenía una mirada evitativa, unos ojos que nunca se ven, solo se intuyen.

Al día siguiente, cuando les dije que aceptaba, agendamos una fecha para firmar el contrato y darles las llaves.

36

Avenida de Valladolid 35, 3.º A

Podría reconocer las manos de mi madre entre cientos: tenía el índice de la derecha un poco torcido en la primera falange. La causa fue un percance con un ventilador en marcha que hizo que le entablillasen el dedo durante semanas. Aun así, aquella pequeña curvatura nunca desapareció. Empiezas a darte cuenta de que alguien es importante para ti cuando eres capaz de distinguir algo de esa persona entre el resto. Pero para ello hay que mostrar interés, y la voz de Helen captó toda mi atención desde el primer momento.

A los pocos días de alquilar el piso me llamó un número desconocido y, al segundo, supe que se trataba de ella. Era curioso: cuando yo descolgaba, ella se quedaba un instante en silencio y, antes que nada, pronunciaba mi nombre. Además, lo preguntaba —«¿Catalina?»—, a pesar de que si estaba llamando a mi número sería yo la que cogería el teléfono.

Descolgué pensando que sería una empresa ofreciendo sus maravillosos servicios, una de esas llamadas a las que me costaba tanto cortar y decir que no me interesaba. Sin embargo, en cuanto oí un leve silencio y su «¿Catalina?», supe que era ella. Ya era capaz de distinguir la llamada de Helen entre cientos, aunque fuera desde un número desconocido, por cómo pronunciaba mi nombre.

—Dime, Helen —contesté.

—Perdona que te llame desde el número del hotel, pero hay poca cobertura en esta sala —se justificó.

—No te preocupes. Me pillas buscando piso. Hemos visto alguno que nos gustaría visitar.

—¡Por eso te llamaba! Un amigo tiene un pequeño apartamento en la avenida de Valladolid, cerca del parque del Oeste. Le comenté que una sobrina mía estaba buscando piso.

Nunca había sido la sobrina de nadie, y no esperaba que Helen usara ese lazo familiar conmigo.

—¿Una sobrina?

—Siempre se hacen favores a los sobrinos de los amigos. Si por decirle eso os lo rebaja cien euros, bienvenidos sean.

—¡Ah, estupendo! ¿Tienes fotos? —le pregunté.

—Me ha dicho que no lo tiene alquilado porque su hijo, que vive en Dublín, lo usa cuando viene a España, pero que, para dos veces al año que aparece, no le importa alquilarlo a alguien conocido.

—¡Genial! Hemos decidido ir a Madrid este fin de semana a ver los que tenemos seleccionados, así que sumamos el de tu amigo. Muchas gracias por todo, tía Helen —contesté mientras me reía de nuestro nuevo parentesco.

—Un beso, sobrina —respondió del mismo modo.

Fabio por fin pudo reunirse con su director. Al salir del trabajo, me llamó para darme una buena noticia: había sido inviable llegar a un acuerdo de indemnización porque dejaba el periódico por voluntad propia, pero, por el buen trato que tenían, había accedido a firmar el despido para que pudiera cobrar el paro.

Cuando todo sale bien, en el cerebro se enciende una alarma que te hace pensar que hay gato encerrado, que no puedes tener tanta suerte. Sin embargo, esa vez sentí que algo nos estaba ayudando. No sé por qué, pero hasta los ateos miramos al cielo para recordar a los muertos, como yo en ese instante. El alquiler del piso de mi madre, la llamada de Helen y la manera de irnos del trabajo me hizo alzar los ojos y dar las gracias a Mariana.

De pronto, Madrid se volvió algo familiar. Dejé de pensar que el traslado a España era toda una odisea y perdí el vértigo y la tensión inconsciente que había sentido hasta ese momento por lo que descubriría en la ciudad. El precio de la habitación de hotel para el fin de semana era desorbitado, más aún reservando con tan poca antelación, pero encontramos un hostal un poco cutre con buenas críticas sobre la limpieza y el trato de la recepcionista por la zona donde estaba el piso del que me había hablado Helen. No necesitábamos una decoración moderna ni vistas a la ciudad. No nos pasaría nada por dormir dos noches en un cuarto con muebles antiguos de caoba y olor a bolitas de alcanfor.

Ese viernes, durante el trayecto, fuimos hablando, enlazando una conversación con otra. Iban a ser muchos cambios, y con tantos planes sentíamos inseguridad e incertidumbre.

El trabajo.

El piso.

La vida en una ciudad nueva.

El idioma.

Estábamos nerviosos por ver los pisos. De camino, Helen me mandó un mensaje para preguntarme si podía acompañarnos y así conocer a Fabio. Su amigo le había dicho que apuraría el viernes a última hora de tarde para mostrarnos el apartamento porque no estaría ni el sábado ni el domingo y, como veníamos desde Lisboa, el resto de las inmobiliarias y los propietarios nos harían el favor de enseñárnoslos el sábado por la mañana. Todo encajaba.

Cuando llegamos, buscamos aparcamiento cerca del hostal para dejar allí el poco equipaje que llevábamos antes de acudir a la cita con Helen y su amigo.

En la pensión San Pol nos esperaba una mujer de unos cincuenta años con una manicura perfecta y el pelo de peluquería. Su aspecto nos hizo pensar que era la dueña. Fue muy amable: se dio cuenta de que teníamos prisa y nos dijo que estaría allí toda la noche, que no hacía falta que hiciéramos el *check-in* en ese momento. Ella nos guardaría las mochilas y, a la vuelta, nos pediría la documentación. Cogí el neceser que llevaba en el bolso para acicalarme en el aseo de la recepción. Fabio se cambió la camiseta por una camisa que había venido colgada en una percha de la agarradera del coche. Queríamos causar buena impresión al dueño del piso, ya que nos hacíamos pasar por familiares de Helen y sabíamos que este solo pensaba alquilarlo si lo dejaba en buenas manos.

Al salir por la puerta de la pensión, recibí un mensaje de Helen: «Chicos, os espero en un bar al lado del piso, el Rincón del Café». Aún quedaban quince minutos para la cita, pero así podríamos vernos y presentarle a Fabio antes de conocer a su amigo.

En cuanto nos acercamos al bar, la vi sentada a una mesa de la terraza. Miraba a los lados para saludarnos al llegar.

Hay dos tipos de personas: las que esperan mirando el móvil, removiendo el café o con la vista fija en el horizonte, y las que intentan encontrarte en la lejanía para anticipar el encuentro o para que des con ellas con facilidad. Sin duda, para los tímidos, es mejor que no nos vean llegar. En aquel caso, encontrarme con su mirada a pocos metros, mientras nos saludaba con la mano, fue la mejor manera de volver a vernos.

—¿Cómo estáis? ¡Qué ganas tenía de conocerte, Fabio! —exclamó al tiempo que le daba dos besos—. ¿Qué tal el viaje?

—Muy bien, se nos ha hecho corto. Y hemos encontrado un sitio para dormir aquí al lado —le contesté.

—Gracias por conseguirnos la visita, Helen —dijo Fabio—. Catalina es tu sobrina, ¿no? Para que no meta la pata...

—Sí, soy su tía Helen —aseguró sonriendo—. ¿Queréis tomar algo mientras llega Pedro?

—Sí, dos vinos blancos. Por cierto, ¿de qué os conocéis? —le pregunté.

—Estuvimos muchos años trabajando juntos en el Ritz, fue el gerente hasta que se prejubiló. Es un buen hombre, seguro que el piso está genial. Y no os preocupéis por el precio. Creo que no quiere sacar dinero, sino cubrir gastos.

En cuanto nos sirvieron el vino, brindamos por los nuevos comienzos. Nada más dar el primer sorbo, Pedro apareció por la terraza.

—¡Helen! ¡Mi estimada Helen! Cuánto tiempo sin verte, querida. ¿Cómo estás? Tan estupenda como siempre. Por ti no pasan los años.

Enseguida noté el cariño que se tenían, aunque hiciera mucho que no se veían. Me pareció que Helen era de esas personas que dejan huella, de las que no pasan desapercibidas.

Pedro estaba cerca de los setenta años: buena percha, bien vestido y con aroma a perfume caro. Se nos acercó y nos estrechó la mano mirándonos a los ojos mientras repetía: «Encantado de conoceros». Helen le explicó que yo llevaba muchos años en Lisboa y que Fabio era de allí; por eso su español no era muy correcto, pero que estaba estudiando el castellano periodístico para seguir su carrera en Madrid.

Rematamos el vino de un sorbo para no hacerlo esperar. Helen fue a la barra para pagar mientras Pedro nos comentaba lo tranquilo que era el barrio. En cuanto nos levantamos, sacó un manojo de llaves y buscó las del número 35, que tenía un robusto portón de madera. En cuanto abrió, nos encontramos con un portal elegante con plantas naturales y unos brillantes buzones de metal. Se notaba que tenía un buen servicio de consejería.

Subimos en un ascensor muy amplio hasta la tercera planta mientras Pedro nos contaba que no había podido ir a revisar si estaba todo en su sitio en el apartamento, aunque, por lo general, después de las visitas de su hijo mandaba a la limpiadora del bloque para que le diera un repaso. Cuando abrió la puerta y entramos, nos recibió el calor del atardecer. Aún no había anochecido, y el salón contaba con un balcón acristalado con vistas al parque de la Bombilla. Encendió las luces para que pudiéramos ver todas las estancias: la cocina era muy pequeña, pero los electrodomésticos eran nuevos; en la sala de estar había pocos muebles, una *chaise longue* gris y una mesa baja de madera en forma de hoja con las patas doradas. Era ideal para nosotros, porque buscábamos una casa sin amueblar. Nos apetecía empezar de cero, pero con lo mínimo para no gastar mucho. Pedro nos contó que compraron ese piso para sus hijos, pero que el mayor vivía fuera y la pequeña, que ya no lo era tanto, tenía dos niños y un adosado en Rivas.

—Y ahora la joya de la corona: el dormitorio principal —dijo.

Lo que más encarecía los pisos en Madrid era la luz. Había algunos muy oscuros, la mayoría interiores. Cuando entramos, Fabio y yo nos miramos alucinados. Tenía una pequeña terraza con una mesita y una silla. Nos dijo que era una pena haber ido a esas horas, porque el sol se colaba toda la mañana y desayunar allí era muy agradable.

Mientras nos enseñaba el cuarto de baño, en mi cabeza solo se repetía una pregunta: ¿cuánto costará el alquiler? No quería ilusionarme por si la respuesta era un precio que no podíamos permitirnos. Era lo que buscábamos, sin duda. Los dos apartamentos que teníamos agendados para el día siguiente no tenían nada que ver con lo que nos estaba ofreciendo Pedro. Era un barrio tranquilo y cerca del centro, el inmueble estaba prácticamente nuevo, con mucha luz y una terracita que, durante nuestra búsqueda, tuvimos que quitar de las preferencias porque disparaba el precio. Nos dijo que podíamos volver a verlo solos mientras él hablaba con Helen. A los pocos minutos, nos llamó para que fuéramos al salón.

—Lo más importante, lo que supongo que necesitáis saber, es el precio. Os voy a contar algo: cuando empecé a trabajar en el Ritz, mis hijos tenían siete y nueve años. Conocí a Helen a los pocos días de entrar, y somos amigos desde entonces. La dirección del hotel siempre nos ponía los turnos navideños a los que tenía-

— 238 —

mos un cargo de responsabilidad, y algo que siempre le deberé a Helen es que cada año me ofrecía cambiar el turno extraordinario de Nochebuena porque, si salía más tarde, no llegaba a tiempo a Ávila para cenar con la familia.

—¡Qué exagerado, Pedro! Te dije que yo era de Madrid y que no me importaba salir más tarde siempre y cuando no me perdiese la cena. Además, me libraba de los preparativos y llegaba a mesa puesta —contestó ella algo ruborizada.

—No, no. Helen, cuando me mandaste el mensaje preguntándome si tenía algún piso libre, me di cuenta de que no llegué a devolverte el favor. Quería deciros que el piso aún sigue hipotecado. Mientras recupere la cantidad de la letra, estará bien. No quiero especular ni sacar dinero al apartamento, y menos aún si es para ayudar a un familiar de mi amiga Helen. ¿Qué precio tienen los pisos que vais a ver mañana? Si este os ha gustado, lo igualamos y listo.

Nos quedamos pasmados. Estábamos seguros de que, si ella nos ayudaba, todo sería más fácil, pero jamás llegamos a imaginarnos algo así. Helen le repitió que no le debía ningún favor, pero Pedro no le hizo caso. Mientras ellos hablaban, Fabio y yo repasamos en el móvil los apartamentos que pensábamos visitar al día siguiente y nos reímos al ver lo que teníamos a nuestro

— 239 —

alrededor comparado con los otros. Ambos costaban ochocientos euros, pero eran menos confortables en todos los sentidos.

—Pedro, te estamos muy agradecidos. Los que vamos a ver mañana tienen un alquiler de ochocientos euros, pero entendemos que igual esperabas algo más. No hay problema, si no te cuadra —dije con mucho aprieto.

—¡Estupendo! ¡Me parece perfecto, Catalina! Además, siendo familia de Helen, no hace falta fianza. Confío plenamente en mis nuevos inquilinos.

Nos tendió la mano como para firmar un contrato no escrito y nos dijo que sentía las prisas, pero que tenía que irse a cenar con su mujer. Quedamos en vernos a final de mes para llevar nuestras cosas y darnos dos copias de las llaves. Al despedirse en el portal, le pidió a «mi tía» que nos diera su teléfono para hablar de cualquier cosa relacionada con el piso. Fue una visita muy rápida pero eficaz. Cuando nos quedamos a solas con Helen, nos echamos a reír a carcajadas.

—¡Te invitamos a cenar! —exclamó Fabio mientras la cogía de la mano—. Ahora somos nosotros los que te debemos un favor. Elige un restaurante que te guste y llévanos.

Se resistió unos minutos hasta que le dije que, si no elegía, él querría ir a por un bocata de calamares a la plaza Mayor.

— 240 —

—Cancelamos las visitas de mañana, ¿no? —le propuse a Fabio.

—¿Para qué vamos a ir? Aprovechemos para visitar un museo y pasear. ¡Tendré que conocer la ciudad en la que viviremos! —dijo sonriente.

Se mostraba ilusionado, como si la idea de mudarnos hubiera sido suya. Ver eso hizo que me sintiera menos responsable: no estaba obligando a mi pareja a hacer un cambio drástico sin estar él también seguro de la decisión.

A medida que se fueron estrechando los lazos con Helen, cada vez me sentía más triste por la muerte de mi madre. La muerte acaba con la vida vivida, pero no con la que nos queda por vivir. Si ella no hubiera fallecido, no habría rebuscado en esas cajas ni habría encontrado a Helen. El paseo que estábamos dando no hubiese sido posible con mi madre al lado. Pero fantaseaba con Mariana recorriendo la Gran Vía con nosotros. Y hubiera sido uno de los momentos más felices de mi vida. Pero murió a los sesenta y ocho años.

La muerte es el acontecimiento en el que más incide la edad. «¿Cuántos años tenía?» es la pregunta recurrente cuando alguien fallece. Si era mayor de ochenta no causa la misma tristeza que si tenía sesenta. Dicen que lo

peor es perder a un hijo… No podía decirlo, no los tenía, pero sentía que lo peor era perder a una madre.

Me quedé mirando a Fabio, al amor de mi vida, caminando junto a Helen, el amor de la vida de mi madre.
Los veía de espaldas opinando sobre los musicales que
estaban poniendo en cada teatro.

Hay escenas en la vida que deberíamos ser capaces de
pausar.

37

Las ciudades

Cambiar de ciudad no es difícil, lo que cuesta es acostumbrar la mirada. Cada lugar tiene su estructura, sus fachadas, distintas expresiones y diversos conceptos formativos que sostienen la cultura de ese emplazamiento. No es suficiente con aprenderse el camino, hay que visualizarlo con los ojos cerrados, igual que una persona bilingüe es la que sueña en dos idiomas indistintamente. Dejas de ser un extraño en una localidad nueva cuando los detalles que ves no te recuerdan a algo de la que has dejado.

Al hablarme de algunas calles de Lisboa, mi madre me decía que le recordaban a la cuesta de Moyano, a la plaza de la Luna o a la calle Fuencarral de Madrid. De su cafetería favorita decía que el café que servían era como el de Madrid. Después de más de treinta años, seguía refugiándose en todo lo que le recordaba a su ciudad. Nunca dejó de ser madrileña, quizá porque el amor aporta identidad. Y el lugar en el que más hemos amado es del que más nos sentimos que somos.

Tras ese fin de semana en Madrid visitando lugares y alguna que otra exposición que nos recomendó Helen, en cuanto volvimos a Lisboa, Fabio y yo decidimos empezar a hacer cajas y alquilamos una furgoneta para la mudanza, que sería a finales de mes.

Teníamos claro que no queríamos trasladar todo nuestro hogar a Madrid. Nos apetecía empezar de cero, y para ello había que dejar allí algunas cosas en buen estado que aún eran útiles.

—¿Sabes qué odio? —me preguntó Fabio, y siguió hablando mientras empaquetaba los libros—. Odio a la gente que guarda cosas porque están nuevas. Aunque sea un abrigo que lleva dos años con la etiqueta colgando. A la gente le encanta acumular.

—Supongo que les da pena tirarlo y pereza venderlo en una app de segunda mano —contesté.

—¿Qué es lo que te llevarías a Madrid sí o sí? Algo de lo que no puedas separarte...

Cuando piensas en lo que no te llevarías, sabes que

estás dispuesto a olvidarte de eso. Al plantearme su pregunta, repasé mentalmente todo lo que había en el piso. La ropa era lo de menos, los libros podía volver a comprarlos, casi todo el menaje de cocina era útil y estaba claro que nos lo llevaríamos, pero no era imprescindible. Tampoco tenía joyas caras, y la mayoría de la decoración la habíamos comprado en mercadillos.

—Nuestras fotos —dije.

A lo largo de los años, hay muchas cosas que preferiríamos olvidar o querríamos que no hubieran sucedido. Otras tantas nos gustaría recordarlas con exactitud, como si acabaran de ocurrir: la temperatura que hacía fuera, el ruido del ambiente, el sabor del cigarrillo que acabas de apagar o el de las almendras garrapiñadas. En la lejanía de lo vivido, la memoria vuelve aterrador lo amargo y dulcifica lo bello. Nunca había tenido una memoria prodigiosa, a veces no recordaba el nombre de un compañero de mi departamento con el que trabajaba desde hacía años. Me costaba rescatar los recuerdos de la infancia y quizá había edulcorado la mayoría de ellos.

Las fotos que nos habíamos hecho con la cámara analógica no eran solo papel con una impresión a color. Eran un viaje a ese momento. Éramos capaces de recrear la escena, porque no inmortalizaban paisajes o monumentos. Fabio tenía el don de capturar los instantes más ocurrentes, y yo no quería olvidarlos. Y menos después de ver cómo llegó a olvidarse Mariana de su vida. Me negaba a permitir que mi mala memoria me hiciera perder todos los momentos que habíamos fotografiado.

—¿Las fotos? —respondió con asombro.

—No hay nada en esta casa que me haga volver tanto a lo vivido y que me despierte tanto las ganas de descubrir lo que nos queda por vivir al mismo tiempo.

Nos acercamos a la mesa de cristal donde guardábamos las instantáneas.

—Antes de que se nos olvide, podríamos anotar detrás de cada una dónde la hicimos y la fecha aproximada. ¿Te parece? Quizá en unos años no sepamos si fue en 2020 o 2024…

—Claro, voy a buscar un rotulador.

—Imborrable —dijo acariciándome la mano.

—Permanente —contesté.

Las metimos todas en una carpeta y seguimos organizando las cajas, indicando en cada una si guardaba objetos de decoración, manteles, libros o vinilos.

38

Zona de confort

Una vez que lo recogimos todo, Fabio arregló los papeles del trabajo y les dimos las llaves a los nuevos inquilinos de la casa de rua da Padaria, pensamos en el traslado. Como nos habíamos ahorrado la fianza, utilizamos ese dinero para pagar a una empresa que recogiera las cajas y las subiera al tercer piso de Madrid.

Antes de irnos, quedamos a modo de despedida con algunos amigos para tomar algo en el viejo bar del barrio donde ponían el mejor *vinho* verde. Fue una tarde muy animada. Recordamos momentos juntos, y las amigas de Fabio nos trajeron un regalo para la nueva casa: un pisapapeles de madera con dos esferas de reloj, una con la hora portuguesa y otra con la española, con una nota que decía: «Para que siempre recordéis que os estaremos echando de menos una hora antes que vosotros».

Sin duda, había algo que sería más difícil: que Fabio se despidiese de su familia. Sus padres entendían que los hijos tienen que hacer su vida y no intentaban retenerlos. Además, él les había contado la historia de Mariana, y entendían que era un cambio necesario para mí.

Aunque España era otro país, estábamos a poco más de una hora en avión y cinco en coche. Su melliza, viajera empedernida, dijo que vendría a vernos cada dos por tres. A pesar de que intentaron evitar una despedida lacrimosa, todos acabaron emocionados, fundidos en un abrazo.

De camino a casa hablamos de la decisión de irnos de Lisboa desde un prisma más personal que práctico. Habíamos decidido coger nuestras cosas y nuestros cuerpos y trasladarlos a otra ciudad. Pero ¿cómo íbamos a sentirnos cuando nos despertáramos el primer día en un lugar desconocido? ¿Quiénes llegarían a ser nuestros amigos?

Después de muchos años, allí teníamos nuestro círculo de confianza. Tus amigos te hacen ser mejor o peor persona, pueden aportar soluciones o meterte en problemas, te ayudan a crecer o te conviertes en una versión de ti que no conoces.

Mientras hablábamos de lo que nos preocupaba, nos

dimos cuenta de algo: Helen se había convertido en nuestra primera persona de confianza en Madrid.

Cuando se acercaban los días previos a la mudanza, Helen me pidió que le enviara nuestros currículums para moverlos por algunas de las empresas que conocía. En el caso de Fabio, había que esperar a que tuviera un castellano más fluido, pero se había enterado de varios procesos de selección abiertos dentro de las cadenas hoteleras en los que podría encajar mi perfil. Por si ninguno de los dos encontraba trabajo al poco tiempo de llegar, calculamos hasta cuándo podríamos mantenernos económicamente con lo que teníamos en ese momento. Fabio se informó de cómo le quedaba el paro si se iba del país, y le aseguraron que, durante los primeros meses, podría cobrarlo. Entre eso y la mensualidad del alquiler de la casa de mi madre iríamos tirando. Solo nos faltaba dejar nuestro piso para emprender el viaje.

Una vez entregáramos las llaves, estaríamos listos para comenzar nuestra nueva vida. Pedro nos escribió para decirnos que habían ido a recoger los objetos personales del piso y que ya estaba a punto para cuando quisiéramos entrar. Le había dejado las llaves al portero, que estaba en el edificio de ocho de la mañana a siete de la tarde.

Los chicos de la mudanza vinieron muy temprano y bien equipados para hacer su trabajo. En cuestión de treinta minutos, ya habían bajado todas las cajas.

—¿Nos confirman la dirección de entrega? —preguntó uno de ellos.

—Avenida… —Fabio se quedó pensando.

—Avenida de Valladolid 35, 3.º A —terminé la frase.

Salimos al mismo tiempo para estar allí cuando llegaran. Al cerrar la puerta, fue como si me acabase un libro. Un carrusel de imágenes pasó por mi mente, incapaz de detenerme en ninguna: el primer día que visitamos el piso sin saber aún si queríamos vivir juntos; la tarde que Fabio se quemó con el horno, marca que conservaba en la muñeca; la primera ducha juntos; el ruido que hacía el vecino de arriba, que lo echaron del bloque por las quejas; cenas sentados en el suelo; dormir uno de los dos en el salón porque habíamos discutido; noches que no nos importaba empalmar para ir al trabajo; clases de piano; notas en el frigo; besos a todas horas; olor a lavanda; mis películas, sus series; Almodóvar y Coppola; chocolate en el salón; migas de pan en el sofá; botellas de vino vacías detrás de la puerta de la cocina; la primera noche que dormí huérfana; la última noche en Lisboa.

— 250 —

Nos montamos en el coche sin mirar atrás. No era una decisión madurada durante meses, sino una necesidad que supimos ver y aprovechar. El tiempo que inviertes en tomar decisiones no garantiza que vayan a salir bien. Fabio llevaba una gorra de propaganda de los noventa que le quedaba genial. Con tanto trajín, no había tenido tiempo de afeitarse en varios días, y la barba le daba un toque bastante seductor.

—Entre la gorra y la barba pareces un moderno de Madrid —dije.

—Voy a mimetizarme con el ambiente… Busca música española.

Entre las listas de reproducción de música castiza, encontré algunas coplas con títulos muy festivos. Por ejemplo, «Mis noches de Madrid», de una cantante que conocimos en ese instante: Carmen Sevilla.

Cuando quieras un poquito de alegría,
tú la encontrarás en las noches de Madrid.

Esa fue la canción que más veces sonó en el altavoz de casa durante los primeros días en la capital. Con Carmen, la primera folclórica española que Fabio conoció, aprendió expresiones muy castizas.

Verlo tararear esa copla en el coche me hizo reír, reír de verdad, como hacía tiempo que no lo hacía. Lo que más me fascina del amor es su asombrosa capacidad de renovar los sentimientos. Solo el amor es capaz de salvarte de un día de mierda o de una época depresiva.

Entramos en Madrid por la A-5. Mientras estábamos pasando por algunos barrios del extrarradio, nos llamaron los de la mudanza para decirnos que iban más retrasados que nosotros.

—¿Le dijiste a Helen que llegábamos hoy? —me preguntó Fabio.

—No. No quiero que se sienta obligada a venir el primer día. Cuando lo tengamos todo colocado, le mandaré un mensaje para decírselo —respondí.

—Vale, pero será la primera en ver el piso cuando esté listo.

—¡Claro! Además, quiero quedar con ella para que me hable de los puestos de trabajo que hay en los hoteles.

Tuvimos la suerte de contar con una persona que nos acogió en una ciudad desconocida, la suerte de encontrar a Helen, la suerte de que mi madre la amase, la suerte de descubrir las cajas.

Cuando llegaron los de la mudanza, nos pusimos a desembalar y colocar nuestras cosas. No queríamos pos-

— 252 —

poner la creación de nuestro hogar. Ese mismo día ya lo tuvimos casi todo ordenado.

Por la noche nos sentamos en el salón agotados y pedimos unas pizzas. Al terminar de cenar, Fabio se quedó dormido en el sofá y lo desperté con delicadeza para irnos juntos a la cama. Aunque era tarde, escribí a Helen: «Ya estamos en Madrid. Gracias por todo, espero que nos veamos pronto. Un beso».

Al segundo recibí su respuesta: «¡Cuánto me alegro! Disfrutad de vuestra llegada, avísame cuando estéis instalados. Estoy deseando tomarme otro café contigo en la azotea del Ritz. Buenas noches, Catalina».

39

Víctimas

Los primeros días en Madrid recorrimos las calles sin saber por dónde íbamos y nos perdimos varias veces, pero descubrimos lugares que se volvieron nuestros rincones favoritos. Fabio tenía don de gentes, y al segundo día la panadera ya se sabía su nombre. Enseguida le contó que éramos de Lisboa y que le encantaba el pan de hogaza. A la semana siguiente encontró un mercado en el que comprar buenos productos y se agenció un carro de la compra.

Una mañana, mientras él estaba buscando recetas típicas españolas, le envié un mensaje a Helen preguntándole si le apetecía comer conmigo. Quería proponerle algo que llevaba un tiempo pensando. Le dije que podía acercarme al Ritz y aprovechar su descanso de mediodía para ir a algún restaurante cercano.

Salí un rato antes para sacarme la tarjeta del metro y empezar a habituarme al medio de transporte que más utilizaría en esa ciudad. Madrid tenía cinco veces más habitantes que Lisboa, y, sobre todo, mayor diversidad. Durante el trayecto estuve mirando cómo llegar al hotel para no sentirme extranjera. Las ciudades grandes tienen lo mismo de individualismo que de acogida: nadie se siente fuera de lugar, todos venimos de otro sitio, y eso une. Al bajar en Sol, fui caminando en dirección al hotel. Iba con tiempo para disfrutar del paseo.

Al llegar a la puerta, Helen estaba en el *lobby* hablando en inglés con unos señores. En cuanto me vio, me pidió que le diera unos segundos. Me quedé observando la ostentación del *hall*: lámparas gigantescas de Swarovski, sillones de piel y mesas de cristal impecables. La chica de recepción me preguntó si necesitaba algo. Helen alzó la voz para decirle que había quedado conmigo y que me ofreciera lo que quisiera. Sus gestos me dieron a entender que quería que me sintiera cómoda y, de paso, dejó claro que la estaba esperando, tanto a los señores con los que estaba reunida como a la recepcionista.

Cuando terminó de conversar, se acercó a darme un abrazo y cogió el bolso de la recepción al tiempo que se despedía de la chica.

—¡Qué alegría verte! Perdona, tenía una reunión con los directores de un nuevo hotel que van a construir en Madrid —dijo.

—Eres una mujer influyente en el mercado hotelero, ¿no? —le pregunté curiosa.

—Bueno, llevo muchos años dirigiendo el departamento de Turismo de uno de los mejores hoteles del país, así que se puede decir que me hacen caso. Pero me queda un año para jubilarme. —Levantó la mano para celebrarlo—. ¿Dejas que te invite a comer en un restaurante que está aquí al lado? Tienen un menú del día riquísimo con muchas opciones. Si hay bistec con patatas, ni te lo pienses. Y la tarta de queso, exquisita.

—¿Teniendo la mejor azotea de la capital en tu hotel quieres ir a otro sitio? —le pregunté.

—Guárdame el secreto, pero el restaurante deja mucho que desear. Está bien para tomarse un café o un cóctel. Después volvemos.

Helen tenía mucha vitalidad, era una mujer muy dinámica y contagiaba esa energía. De camino al restaurante me preguntó por Fabio, por el viaje y por el piso. Además, me contó que había colado mi currículum en un proceso de selección de la cadena que iba bastante avanzado.

—¿Cómo? —le pregunté—. ¿También me conseguirás trabajo?

—Bueno, he vuelto a decir que eres mi sobrina —confesó, y se echó a reír—. Es un proceso complicado porque piden experiencia en turismo, y vi que te has dedicado más a la gestión de presupuestos de empresas privadas. Pero quién sabe, lo intentaré en varios hasta que en alguno cuele, ¿no?

—Claro, ¡muchas gracias! También buscaré por Info-Jobs e iré aplicando a varias ofertas.

En el restaurante, tuvimos que aguardar cinco minutos fuera. Mientras nos fumábamos un cigarro, le dije que quería comentarle algo. Me animó a empezar, pero al final esperamos a que nos dieran mesa.

Cuando nos sentaron, el camarero dejó sobre el mantel una jarrita de barro con vino de la casa, una botella de gaseosa y otra de agua. Efectivamente, había bistec y tarta de queso, así que la decisión estuvo clara.

—Cuéntame, ¿qué querías comentarme? —dijo mientras mezclaba vino y gaseosa en mi copa.

—Me gustaría que me hablaras de mi abuela. Mi madre no mantenía una buena relación con ella, pero ahora que estoy descubriendo nuevos aspectos de la vida de Mariana, me encantaría reconciliarme con la imagen que tengo de Mercedes.

—Por supuesto. La queríamos mucho, tanto mi familia como yo. De hecho, mis padres la invitaron a mi boda. ¿Necesitas saber algo más? —me respondió inquieta.

—No es nada concreto, solo quería saber cómo se portaba contigo, si sabía algo sobre vuestra relación y eso hizo que mi madre se distanciara de ella.

—A ver, tus abuelos estaban molestos con ella porque intuían lo nuestro. Pero creo que tu abuelo decidía por los dos. Mercedes era muy buena mujer, aunque con poca libertad. Imagínate, en aquella época no podían ni abrirse una cuenta bancaria, así que como para opinar sobre su hija lesbiana. Catalina, teniendo a tu abuela tan cerca, ¿por qué no vas a verla?

—No, no me atrevo. Además, tiene demencia senil, no se acordará de nada.

—Se trata de pasar un rato con ella, no creo que te cuente algo que no sepas... ¿Quieres que te acompañe?

Cuando Helen me lo propuso, me sentí aliviada al pensar que con la única persona que sería capaz de enfrentarme a ese encuentro era con ella, y estaba dispuesta a hacerlo.

—Este domingo no tengo nada que hacer, podemos ir en mi coche. ¿Dónde está la residencia? —me preguntó mientras disfrutaba de la comida.

—En Alcobendas.

—Estupendo, me encantará saludar a doña Mercedes.

—Gracias, Helen —dije con sinceridad.

Ni Helen fue una cobarde ni Mercedes una inquisidora, ni tampoco mi madre fue una kamikaze. Todas eran víctimas. No podía valorar a una mujer por su coraje para salir del armario. En esos años, no podían vivir una verdadera libertad sexual. Se enfrentaban a que sus familias las repudiaran, a una paliza a escondidas por la calle. No era de cobardes casarse con un hombre, era la consecuencia de la falta de libertad. La que tenía valor, debía abandonar su hogar y a sus amigos, dejar su trabajo.

Así lo hizo mi madre, pero su comportamiento no era más valioso que el de Helen. La vida la empujó, al igual que empujaba a muchas otras, a casarse con un hombre para ocultar que era lesbiana. Y las familias que rechazaban a sus hijos e hijas por su condición eran víctimas de un sistema que las hacía pensar de ese modo. ¿Cuántos padres lo que temían era que sus hijos sufrieran? El miedo estaba fuera, incitado por el poder y las doctrinas. Mi abuela fue víctima de un sistema machista que le impedía parar los pies a su marido para decirle que no le importaba que su hija se hubiera enamorado de otra mujer. Por eso destrozaron su familia y acabaron con la relación de Mariana con Helen. Pero no iba a dejar abierta esa herida.

Cuando terminamos de comer, acompañé a Helen al hotel y subimos a la azotea para tomar un café y disfrutar de las vistas. Aquel lugar estaba convirtiéndose en un sitio muy especial para mí. Cumplía las expectativas que proyectaba mi madre sobre él mientras yo era la que las atestiguaba. Charlamos de trabajo, de parejas y de política. Helen se había vuelto alguien de confianza.

40

Algo hicimos bien

Aquel domingo me levanté temprano para llamar a la residencia y avisar de que iba a ir a visitar a Mercedes Rubial. Sobre las doce de la mañana, Helen vendría a recogerme.

—¿Estás bien? —me preguntó Fabio mientras desayunábamos.

—Sí, es un día raro, como todo lo que importa: te invade una sensación de inseguridad y pánico, pero en el fondo sabes que es lo que debes hacer.

Una vez recogida la mesa, me fui a la ducha. Helen me envió un mensaje para decirme que venía para casa. Me quedé abrazada a Fabio hasta que me dijo que ya me esperaba abajo.

—¿Hago lo correcto?

—Cariño, lo necesitas. Estamos en Madrid por muchas cosas, pero sobre todo porque sientes que algo estás haciendo bien. Y tu madre estaría orgullosa de ti.

Me despedí y bajé a la calle. El coche de Helen estaba parado en doble fila, así que aligeré el paso.

De camino a la residencia me estuvo contando anécdotas de mi abuela, de su bizcocho y de lo limpia que tenía siempre la casa. Le encantaban Nino Bravo y el Real Madrid. Iba a misa los domingos, aunque no la acompañara el abuelo, y bebía la cerveza en copa.

Me habló de muchos detalles de su vida. No siempre se conoce a alguien por lo que se vive con esa persona, sino por lo que cuentan sobre ella. En ese momento estaba conociendo más a mi abuela por lo que Helen me estaba explicando, y me parecía igual de válido para guardarlo como recuerdo. Una de las historias que más me sorprendió fue saber que Mercedes invitaba a Helen a casa para que las chicas pasaran tiempo solas, mientras ella salía a hacer recados. Quizá nunca pudo posicionarse más allá del rechazo respecto a su relación, pero estaba claro que, para ella, lo importante era la felicidad de Mariana. Helen me confesó que siempre pensó que Mercedes era una progresista en un mundo que no la dejaba avanzar en sus ideales.

Cuando llegamos a la puerta de la residencia, nos recibió un enfermero que nos informó de que Mercedes sufría una demencia considerable, pero que podíamos verla. Nos acompañó hasta el jardín y le dio la vuelta a una silla de ruedas.

—Mercedes, han venido a verla —le susurró el chico al oído—. Son su nieta y una antigua amiga de su hija, Helen.

—¡Helen! —exclamó levantando la cabeza de golpe.

Nos miramos desconcertadas. No sabíamos si deliraba o realmente la recordaba.

—Mercedes, ¿se acuerda de mí? Soy la amiga de Mariana —dijo con la voz afligida.

—Claro, chiquilla. ¿Has venido a ver a Mariana? Mi hija no deja de hablar de ti, cómo se nota que os queréis. ¿Cómo están tus padres?

La cogió de la mano al tiempo que el enfermero me decía que, a veces, recuerdan mejor los acontecimientos del pasado.

Helen habló con ella como si siguiéramos en los ochenta, y no le contó que sus padres habían fallecido. El enfermero nos animó a coger la silla y dar un paseo por el jardín.

—¿Damos un paseo las tres, Mercedes? —le propuse.

—Claro que sí, hija —me contestó.

Mientras paseábamos, siguieron hablando como si

no hubiera pasado el tiempo, como si mi madre acabara de llegar de la universidad y Helen la estuviera esperando en el salón de casa de mi abuela tomándose un café.

Pero el tiempo había pasado. Mi madre ya no estaba, y Helen tuvo que aprender a vivir con el corazón roto. Mi abuela quiso olvidar parte de su vida y estaba sola en una residencia. Y yo, que mientras buscaba quién fue el amor de mi madre encontré parte de mí en esas mujeres.

Mariana hizo que esa mañana nos reuniéramos para hablar de ella como si siguiera entre nosotras. Porque todas formábamos parte de la misma historia: la historia de mi madre.

41

Madre

—Carmen, un momento. Voy al baño y te sigo contando.

—Vale, te espero en el sofá.

El piso nuevo tiene un pasillo muy largo por el que se cuela un olor delicioso que viene de la cocina. Fabio está cocinando uno de esos platos portugueses de *bacalhau* que tanto nos gustan y que solo tiene tiempo de preparar a fuego lento los sábados por la mañana. Cuando vuelvo al salón, me acomodo junto a Carmen, que tiene los ojos expectantes y espera que prosiga mi relato, la historia que me cambió la vida. Que nos cambió la vida a todos.

Hace tiempo entendí que conocer las historias del pasado nos ayuda a no cometer los mismos errores en el presente. Por eso es tan importante conocer las historias de las mujeres que dieron su vida por la libertad de la que hoy disfrutamos. Además de un piso en Lisboa y las manos pequeñas, Mariana me dejó como herencia una historia que debía ser contada. Durante años han silenciado la vida de muchas mujeres que tenían una manera distinta de pensar, amar o vivir, pero necesitaba hablarle a mi hija de su abuela para que, si un día se da cuenta de que es valiente, sepa que le viene de familia.

Carmen siempre supo quién era su abuela, pero esperé el momento adecuado para contarle su historia.

—¿Dónde nos hemos quedado? —le pregunto.

—Mmmm… cuando fuiste con la tía Helen a ver a la bisabuela a la residencia —me contesta.

—Cierto. ¿Quieres que siga? Queda muy poco para que aparezcas tú.

—Claro que sí. Sigue contándome, mamá.